Maya Blake

El festín del amor

WITHDRAWN

HARLEQUIN™

Editado por HARLEQUIN IBÉRICA, S.A.
Núñez de Balboa, 56
28001 Madrid

© 2014 Maya Blake
© 2014 Harlequin Ibérica, S.A.
El festín del amor, n.º 2343 - 22.10.14
Título original: The Ultimate Playboy
Publicada originalmente por Mills & Boon®, Ltd., Londres.

I.S.B.N.: 978-84-687-4741-5
Depósito legal: M-23656-2014
Editor responsable: Luis Pugni
Impresión en CPI (Barcelona)
Fecha impresion para Argentina: 20.4.15
Distribuidor exclusivo para España: LOGISTA
Distribuidor para México: CODIPLYRSA
Distribuidores para Argentina: interior, BERTRAN, S.A.C. Vélez
Sársfield, 1950. Cap. Fed./ Buenos Aires y Gran Buenos Aires,
VACCARO SÁNCHEZ y Cía, S.A.

Capítulo 1

Nueva York

Narciso Valentino contempló la caja que le habían traído. Era grande, de excelente cuero, ribeteada de terciopelo y con un cierre en forma de herradura de oro de veinticuatro quilates.

En condiciones normales se habría puesto contento y hubiera tratado de adivinar su contenido.

Pero el aburrimiento del que era presa desde que había cumplido los treinta le había arrebatado la capacidad de emocionarse.

Dos semanas antes, Lucía, antes de salir de su vida, lo había acusado de haberse convertido en un viejo aburrido.

Narciso sonrió con cierto alivio. Había celebrado su partida marchándose a esquiar con sus amigos a Aspen, donde se había quitado el mal sabor de boca con una entusiasta instructora de esquí noruega.

Pero el hastío había vuelto con rapidez.

Se levantó del escritorio y se acercó a la ventana de su despacho en el piso décimo séptimo de un edificio de Wall Street. Se sintió satisfecho ante la vista al pensar que era dueño de buena parte de la ciudad.

El dinero era sexy. Tener dinero era tener poder. Y él nunca se había privado del sexo ni del poder.

La posibilidad de experimentar ambos se hallaba en la caja que había sobre el escritorio.

Y, sin embargo, llevaba una hora sin abrirla. Volvió al escritorio y abrió el cierre.

La máscara que había en su interior era exquisita: de plata con ribetes de ónice y cristal de Swarovski. La ausencia de defectos indicaba el cuidado y la atención con que se había realizado. Y Narciso valoraba las dos cosas, ya que lo habían convertido en millonario a los dieciocho años y en multimillonario a los veinticinco.

Su inmensa fortuna había hecho que lo admitieran en el Q Virtus, el club masculino más exclusivo del mundo, cuya reunión cuatrimestral era el motivo del envío de la máscara. La sacó de la caja y la examinó. En la parte inferior llevaba un microchip de seguridad con su nombre y el sitio de la reunión: Macao.

La volvió a dejar en la caja y contempló el segundo objeto que había en ella: la Lista.

Zeus, el director anónimo de Q Virtus siempre entregaba a los miembros una lista de los hombres de negocios invitados a cada reunión para que aquellos planearan la posibilidad de llegar a acuerdos económicos con estos.

Narciso la leyó por encima y se detuvo en el cuarto nombre: Giacomo Valentino, su querido padre. Leyó el resto de los nombres para ver si había alguno más por el que mereciera la pena acudir a la reunión. Había otros dos interesantes, pero era con Giacomo con quien quería tratar.

Dejó la lista y buscó en el ordenador el archivo que tenía sobre su padre.

El informe, que un detective privado ponía al día regularmente, indicaba que el anciano se había recuperado un poco del golpe que Narciso le había asestado tres meses antes. En cuestión de minutos, este leyó la información sobre los últimos acuerdos de negocios de su padre.

Sabía que eso no le proporcionaba ventaja alguna, porque su padre tenía un archivo similar sobre él. De todos modos, lo llenó de satisfacción comprobar que había ganado tres de las cuatro últimas refriegas.

En ese momento sonó su teléfono móvil. Narciso leyó el mensaje de Nicandro Carvalho, que era lo más aproximado a un amigo que tenía:

¿Sigues inmerso en tu prematura crisis de la mediana edad o estás dispuesto a deshacerte de la imagen de viejo aburrido?

Lleno de repentina energía, tecleó la respuesta.

El viejo aburrido se ha marchado. ¿Estás dispuesto a que te dé una paliza al póquer?

Qué más quisieras. Te espero. La contestación de Nicandro lo hizo reír por primera vez desde hacía semanas.

Apagó el ordenador y su mirada recayó en la máscara. La tomó, la metió en la caja fuerte y se puso la chaqueta.

Zeus recibiría su respuesta a la mañana siguiente, cuando hubiera planeado cómo iba a acabar con su padre de una vez por todas.

Internet era una herramienta inestimable a la hora de dar caza a un canalla.

Ruby Trevelli estaba sentada en el sofá y miraba el cursor que parpadeaba esperando que le diera una orden. El hecho de haber tenido que recurrir a Internet para buscar una solución a su problema la irritaba y la frustraba a la vez.

Aunque había decidido no utilizar nunca las redes sociales desde que había escrito su nombre en un buscador y había aparecido un montón de información falsa sobre ella, aquella noche no tenía otro remedio.

A pesar de las cientos de páginas dedicadas a la Narciso Media Corporation, sus esfuerzos por hablar con alguien que pudiera ayudarla habían sido inútiles. Había desperdiciado una hora en enterarse de que Narciso Valentino, un multimillonario de treinta años, era el dueño de NMC.

Lanzó un bufido. ¿A quién se le ocurriría poner Narciso a su hijo? Era una invitación a que lo acosaran en la escuela. Por otro lado, un nombre tan poco habitual le había facilitado la tarea.

Buscó los lugares frecuentados por Narciso en Nueva York y aparecieron más de dos millones de entradas. ¡Impresionante! O había millones de hombres que se llamaban así o el hombre que buscaba era increíblemente popular.

Respiró hondo y tecleó: *¿Dónde está Narciso Valentino esta noche?*

Contuvo la respiración esperando la respuesta.

La primera era un enlace con el dominio de un popular periódico sensacionalista que ella había conocido a los diez años, cuando le regalaron su primer ordenador portátil y vio a sus padres en primera página. En los catorce años transcurridos desde entonces había evitado leer ese periódico, del mismo modo que había dejado de ver a sus padres desde que era adulta.

La segunda respuesta era un larga lista de personas famosas que anunciaban donde estarían esa noche.

Narciso Valentino estaría en Riga, un club cubano-mexicano de Manhattan.

Si se daba prisa, podría estar allí en menos de una hora. Odiaba el enfrentamiento, pero, tras semanas intentando hallar una solución, ya no podía más.

Había ganado el concurso televisivo de la NMC y ahorrado hasta el último centavo para reunir la mitad de los cien mil dólares necesarios para abrir su restaurante.

La ayuda que esperaba de Simon Whitaker, su exsocio y exdueño del veinticinco por ciento del restaurante, era cosa del pasado.

Cerró los puños al recordar su último enfrentamiento.

Ya había sido un shock enterarse de que el hombre al que quería estaba casado y esperaba un hijo. Que Simon intentara convencerla de que se acostaran a pesar de ello había matado sus sentimientos hacia él.

Simon se había burlado de ella por sentirse herida, pero Ruby sabía muy bien las consecuencias de la infidelidad matrimonial por haber sido testigo de ella con sus padres.

Apartar a Simon de su vida había sido una decisión dolorosa pero necesaria.

Pero, sin su ayuda económica, tenía que hacerse cargo de toda la financiación del restaurante. Por eso buscaba a Narciso Valentino, para que cumpliera la promesa de su empresa. Un contrato era un contrato.

Una limusina se detuvo cuando Ruby dobló la esquina de la calle donde se hallaba el club. Se apresuró hacia la entrada tratando de no pisar los charcos que había dejado la lluvia reciente. Una risa masculina atrajo su atención.

Un fornido portero sostuvo el cordón de terciopelo para que salieran dos hombres altos en compañía de dos hermosas mujeres. El primero era muy atractivo, pero Ruby se fijó en el segundo.

Llevaba el cabello, negro como el azabache, peinado hacia la derecha y le caía formando una onda sobre el cuello.

A Ruby le temblaron las piernas ante el poder de su presencia. Aturdida, contempló su perfil: pómulos bellamente esculpidos, nariz recta y una boca que prometía un placer decadente, o al menos lo que ella se imaginaba que era eso.

–Oiga, señorita. ¿Entra usted o no?

La voz del portero la distrajo. Cuando volvió a mirar, el hombre y sus acompañantes se alejaban.

Una de las mujeres le sonreía. La mano de él se deslizó desde su cintura hasta las nalgas y le apretó una de ellas antes de ayudarla a subir al coche.

Incluso después de que la limusina se perdiera en el tráfico, Ruby continuó inmóvil sospechando que había llegado demasiado tarde.

El portero carraspeó. Ella se volvió hacia él.

–¿Puede decirme quién era el segundo tipo, el último que se ha subido a la limusina?

El portero enarcó una ceja como preguntándole si hablaba en serio.

Ruby le sonrió.

–Claro que no puede. Es confidencial, ¿no?

–Eso es –respondió el hombre sonriendo a su vez–. ¿Va a entrar?

–Sí –respondió ella, a pesar de que estaba prácticamente convencida de que Narciso Valentino se había marchado.

El portero le puso un sello en la muñeca, la miró y añadió otro.

—Enséñelo en la barra y la invitarán a la primera copa.

Ella sonrió, aliviada, porque, si sus sospechas no eran ciertas y Narciso Valentino no acababa de marcharse, podría tomarse una bebida cara mientras lo buscaba.

Una hora después tuvo que reconocer que era el hombre que había visto al llegar. Apuró el resto de la copa y estaba buscando un sitio donde dejarla cuando unas voces atrajeron su atención.

—¿Estás segura?

—Claro que sí. Narciso estará allí.

Ruby se quedó inmóvil y buscó su procedencia.

Dos mujeres enjoyadas y con vestidos de diseño que equivaldrían a su salario completo de un año estaban sentadas tomando champán.

—¿Cómo lo sabes? Las dos últimas veces no estuvo —dijo la rubia.

—Ya te lo he dicho. Se lo he oído decir al tipo que estaba con él. Esta vez van a ir los dos. Si puedo conseguir un puesto de azafata, sería mi oportunidad —contestó su amiga pelirroja.

—¿Qué? ¿Te vas a disfrazar de payasa con la esperanza de que te mire?

—Cosas más raras se han visto.

—Pues yo jamás haría eso para cazar a un hombre.

—Nunca digas de esta agua no beberé. Y si Narciso Valentino cae a mis pies, será una oportunidad que me cambiará la vida y que no voy a dejar pasar.

—Muy bien. Dame la dirección de la página web. ¿Y dónde demonios está Macao?

—Creo que en Europa.

Ruby ahogó una carcajada, sacó el móvil y apuntó la dirección de la web.

Hora y media después, envió una solicitud de empleo *online*.

Probablemente sería inútil, ya que podía suspender cualquier prueba o entrevista que tuviera que realizar para conseguir el trabajo. Después de haber averiguado que había solicitado el puesto de azafata en Q Virtus, uno de los clubs masculinos más selectos del mundo, se preguntó si se habría vuelto loca. Pero tenía que intentarlo.

La alternativa era impensable: ceder a las presiones de Paloma, su madre, para que entrara a formar parte del negocio familiar. En el mejor de los casos, volvería a convertirse en un peón en manos de sus padres a la hora de discutir; en el peor, tratarían de arrastrarla a compartir su estilo de vida de personas famosas.

Su infancia había sido un infierno. Y le bastaba pasar por delante de una valla publicitaria en Nueva York para comprobar que sus padres seguían destrozándose mutuamente la vida y que les encantaba contárselo al mundo entero.

El show de Ricardo & Paloma Trevelli era un programa televisivo de máxima audiencia y lo había sido desde que Ruby tuvo uso de razón. Durante su infancia y adolescencia, sus movimientos, y los de sus padres, eran seguidos diariamente por dos cámaras.

Los equipos de televisión se convirtieron en miembros de la familia. Durante un tiempo, cuando se volvió la chica más popular de la escuela, Ruby se dijo que estaba bien, pero eso fue hasta que comenzaron las aventuras amorosas de su padre. Cuando lo reconoció en público, ella tenía nueve años, y los índices de audiencia se dispararon. Que su madre reconociera que estaba destrozada tuvo repercusión mundial.

La reconciliación posterior y la renovación de los votos matrimoniales emocionaron a la audiencia de medio mundo. Cuando su padre volvió a reconocer su infidelidad, millones de televidentes tuvieron la oportunidad de influir en la vida de Ruby. La abordaban en la calle personas completamente desconocidas para compadecerla o reprocharle que fuera un miembro de la familia Trevelli.

Huir al otro extremo del país para ir a la universidad había sido un alivio, aunque pronto se dio cuenta de que no podía huir de sus raíces porque descubrió que solo tenía talento para cocinar.

En ese momento decidió que no dejaría que sus padres influyeran en su vida. Por eso necesitaba hablar diez minutos con Narciso Valentino. Sintió una punzada de deseo al recordarlo saliendo del Riga, sus dedos deslizándose con seguridad sobre las nalgas de la mujer rubia.

¡Por Dios! ¿Qué hacía en la cama pensando en la mano de un desconocido sobre las nalgas de su amiga?

Apagó la lamparita. Estaba a punto de dormirse cuando el teléfono le indicó que acababa de llegarle un mensaje. Lo agarró, irritada.

La luminosidad de la pantalla le hizo daño en los ojos, pero leyó las palabras con claridad.

Su currículo había causado buena impresión y la convocaban a una entrevista para el puesto de azafata.

Capítulo 2

Macao, China, una semana después

El vestido rojo hasta los pies se ajustaba demasiado al cuerpo de Ruby. Tenía un generoso escote y, en general, dejaba al descubierto más de lo que a ella le gustaría. Pero, después de dos agotadoras entrevistas, no iba a quejarse de la cara prenda de diseño que indicaba que era una azafata.

Trató de que el vestido no se le enredara en los tacones al dirigirse al punto de encuentro del hotel, desde donde la conducirían a su destino. Llevaba una maleta pequeña con otras dos prendas igualmente caras que le habían proporcionado.

Ya había llamado la atención de una vieja estrella del rock cuando bajaban en el ascensor al vestíbulo del hotel. Atraer la atención, aunque fuera la de un tipo medio ciego, le producía mucha ansiedad.

Había bajado la guardia con Simon y había creído que tenía buenas intenciones. Pensar que él hubiera supuesto que aceptaría su indecente propuesta por ser una Trevelli le había destrozado la autoestima que tanto le había costado conseguir cuando se alejó de sus padres.

No era cobarde, pero temía que nunca sería capaz de juzgar el verdadero carácter de un hombre.

Rechazó ese pensamiento, pero inmediatamente se le ocurrió otro igual de inquietante.

¿Y si se había equivocado al ir a Macao?

¿Y si Narciso no aparecía, o lo hacía y no podía hablar con él?

Tenía que encontrarlo, sobre todo después de la llamada que había recibido la mañana en que firmó el contrato. Simón había vendido su veinticinco por ciento del restaurante a un tercero. La voz era clara, pero amenazadora.

–Pronto nos pondremos en contacto con usted para hablar de los intereses y los términos de pago.

–No podré hablar de nada hasta que el negocio esté funcionando.

–Entonces, señorita Trevelli, será mejor que, por su propio interés, lo haga lo antes posible.

Colgaron antes de que pudiera contestar. Simón había vendido su parte a un usurero.

Asustada y enfadada con él, no leyó las instrucciones sobre su futuro empleo hasta haber atravesado la mitad del océano Índico. Y se sobresaltó. Para proteger la leyenda que lo envolvía, el Q Virtus celebraría la reunión de Macao en un lugar secreto.

Pero había llegado hasta allí y no iba a darse por vencida ante la posibilidad de no encontrar a Narciso.

La pelirroja del Riga se volvió hacia ella, pero apenas la miró.

Cuando entraron en la limusina que las conduciría a su destino, Ruby pensó que era mejor abandonar la búsqueda y proseguirla desde Nueva York, hablar con él cuando regresara.

Pero ¿y si era su última oportunidad? Alguien que viajaba miles de kilómetros para acudir a una reunión secreta podía desaparecer fácilmente. El destino le había dado una oportunidad, y no iba a desperdiciarla.

Un bache en la calzada la devolvió a la realidad.

A pesar de un estilo como el de Las Vegas, la minúscula isla de Macao poseía carisma e historia. Ruby contuvo la respiración cuando cruzaron el Lotus Bridge para entrar en Cotai, su destino final.

Cuando se detuvieron, Ruby bajó del coche. El aparcamiento subterráneo estaba lleno de coches deportivos de lujo y limusinas, cuyo precio conjunto equivaldría al producto nacional bruto de una país pequeño.

Se dirigió a los ascensores con un grupo de diecinueve mujeres, vestidas como ella, y diez hombres, vestidos con chaquetas rojas.

Seis guardaespaldas entraron con ellos en los ascensores. Cuando las puertas se abrieron, apareció ante ellos un vestíbulo con suelo de parqué y una alfombra roja y dorada que les daba la bienvenida.

En las paredes colgaban exquisitos tapices de dragones flirteando con doncellas. Telas de seda caían del techo al suelo para hacer desaparecer el mundo exterior. Dos escaleras conducían al piso inferior, donde había doce mesas de juego, cada una con su bar propio y una zona para sentarse.

Alrededor de Ruby había hombres enmascarados de esmoquin y mujeres con vestidos y joyas exquisitos que complementaban las preciosas máscaras. Había menos mujeres que hombres, pero, por su actitud, ella pensó que serían tan poderosas como ellos.

Una mujer alta, de pelo negro y enmascarada, se presentó como la jefa de las azafatas y les hizo un resumen de su cometido.

Ruby se dirigió al bar de la cuarta mesa. Un primer grupo de hombres, todos enmascarados, se sentó a ella. Mientras preparaba los cócteles y los llevaba a la mesa, trató de adivinar si alguno de ellos era su objetivo. Ninguno lo era. Al final se marcharon y vino otro grupo.

Un hombre de pelo cano, el más anciano del grupo, llamó la atención de Ruby. Chasqueó los dedos y le pidió una copa de vino tinto de Sicilia. Ella frunció los labios y se esforzó en no reaccionar ante la forma grosera de llamarla. Otros cinco hombres se sentaron a la mesa. Solo quedaba una silla libre.

Desde detrás de la barra, vio cómo jugaban y subían las apuestas. Comenzó a sentir asco y miedo al comprobar que el ambiente se cargaba a medida que los invitados perdían las inhibiciones.

Las luces del techo disminuyeron de intensidad. Se abrió una puerta que había al lado del ascensor y entraron dos hombres.

Uno llevaba una máscara de oro que le cubría de la frente a la nariz. Irradiaba poder.

Pero cuando Ruby vio al segundo se le contrajo el estómago.

La jefa de las azafatas se dirigió hacia él, pero el hombre la apartó con un gesto de la mano. Al ver aquellos dedos, Ruby los reconoció. Con la boca seca, lo contempló mientras bajaba por la escalera y se dirigía a la zona de la sala en la que estaba ella.

Se detuvo frente a la barra. Unos ojos grises se clavaron en los suyos. La máscara que llevaba el hombre le dejaba al descubierto la frente y la parte inferior del rostro, cuya piel aceitunada hacía resaltar el brillo del metal. Ella sintió el deseo de acariciarle la mandíbula.

Él la examinó despacio y se detuvo unos segundos en los senos. Ella contuvo la respiración mientras su cuerpo reaccionaba ante su mirada escrutadora. Se quedó en blanco.

Hubiera apostado lo que fuera a que se trataba de Narciso Valentino.

–Sírvame. Me muero de sed –su voz destilaba sex-appeal.

Al menos era lo que Ruby pensó, ya que le había transmitido un cosquilleo a zonas de su cuerpo en las que no sabía que pudiera sentir cosquillas simplemente por oír una voz masculina. ¿Y por qué tenía las manos húmedas?

Como ella no respondía, él enarcó una ceja.

–¿Qué... qué desea tomar?

–Sorpréndame.

Se dio la vuelta bruscamente y toda la alegría se evaporó de su rostro.

Lanzó al hombre de pelo cano una mirada implacable. El anciano se la devolvió.

El ambiente se tensó. A Ruby se le aceleró el pulso. Volvió a mirar al hombre joven como si la atrajera con un imán. Se dijo que era para intentar adivinar qué bebida servirle, pero al ver sus anchas espaldas su mente se perdió en terrenos impuros.

«¡Concéntrate!», se dijo.

El anciano le había pedido vino tinto siciliano, pero Ruby no creyó que Narciso quisiera lo mismo. Le preparó un cóctel y lo puso en una bandeja.

Se acercó a la mesa tratando de que no le temblaran las manos y dejó la copa al lado del codo del joven.

–¿Qué es esto? –preguntó él apartando durante unos segundos la mirada del rostro del anciano.

–Es un «bomba Macao» –replicó ella. El nombre se le había ocurrido segundos antes.

Él se recostó en la silla.

–¿Bomba? –él la volvió a examinar, esta vez de arriba abajo, deteniéndose en la abertura del vestido a medio muslo–. ¿Está usted también en esa categoría? Porque cualidades no le faltan.

Así que era un playboy, alguien que deseaba algo e iba a por ello sin importarle el daño que causara. La imagen de su mano sobre otra mujer hizo que Ruby se pusiera rígida, aunque tuvo que reconocer que se sentía ligeramente decepcionada.

Irritada consigo misma, desechó ese sentimiento. Ya que sabía con qué clase de hombre se las tendría que ver, todo iría mucho mejor.

–No, creo que no. Solo es un cóctel.

–No lo conocía.

–Es creación mía.

Lo probó sin dejar de mirarla.

–Me gusta. Tráigame uno cada media hora.

Eso implicaba que tendría que quedarse horas allí. Ruby apretó los dientes.

–¿Algún problema? –preguntó él.

–Pues sí. Aquí no hay relojes y yo tampoco tengo, así que...

–Déme la mano –dijo Narciso.

–¿Cómo?

–Que me dé la mano.

Ella obedeció sin pensar. Él se quitó el carísimo reloj que llevaba y se lo puso en la muñeca derecha. Le estaba grande, pero sintió el calor de la piel masculina y fue como si hubiera recibido una descarga eléctrica.

Cuando la mano de él se deslizó por su muñeca, ella ahogó un grito y la retiró bruscamente.

–Ahora sabrá cuándo voy a necesitarla.

–¿Vas a tenerme mucho esperando mientras te dedicas a flirtear? –preguntó el anciano en tono brusco.

El joven lo miró mientras volvía a beber.

–¿Estás preparado para otra lección?

–Si se trata de enseñarte a respetar a los que son mejor que tú, estoy más que dispuesto.

A Ruby le produjo escalofríos la risa de Narciso. Con paso vacilante volvió a la barra y se obligó a respirar con normalidad.

Lo que había experimentado cuando aquellos ojos fascinantes se habían clavado en los suyos y esos largos dedos la habían acariciado era falso. Se negaba a confiar en cualquier emoción que la apartara del buen camino. No era esclava de sus emociones como sus padres, ni tampoco tan tonta e ingenua como creía Simon.

Exactamente media hora después, se acercó a la mesa tratando de no mirar la espalda del supuesto Narciso. Con la vista fija en la mesa, dejó la copa y agarró la que ya estaba casi vacía. Él la miró.

–*Grazie*.

El sonido de su lengua materna le produjo una excitación no deseada en el estómago. Se dijo que era porque constituía otro elemento que le confirmaba su identidad, aunque sospechaba que el factor más importante era su atractiva voz.

–*Prego* –respondió automáticamente.

–Quiero la próxima copa dentro de un cuarto de hora –afirmó él–. Creo que habré terminado para entonces –añadió mirando a su oponente–. A menos que quieras retirarte a tiempo.

Ruby no captó la respuesta del anciano. Los otros jugadores ya se habían levantado de la mesa.

Los dos hombres se miraron con odio.

Narciso mostró lentamente sus cartas. Su oponente lo hizo con un gesto extrañamente similar, lo que sorprendió a Ruby. Cuando este se echó a reír, ella miró sus cartas.

Narciso se limitó a hacer una mueca para indicar que su oponente acababa de perder millones de dólares.

–Date por vencido.

–¡Nunca!

Diez minutos después, Narciso volvió a mostrar sus cartas y a ganar, y oyó con gran satisfacción el gruñido de incredulidad de Giacomo, pero lo que le llamó la atención fue que la mujer que estaba a su lado, sorprendida, contuviera la respiración.

No volvió a mirarla. Ya había demostrado ser una deliciosa distracción. Tenía planes para ella, pero tendrían que esperar.

Llevaba una hora escasa jugando y ya había ganado varios millones a Giacomo. En la última ronda había conseguido una emisora de radio de tamaño medio en Arizona, que podría añadir a la lista de medios de comunicación que poseía o declararla en quiebra y cerrarla.

Daba igual.

Lo que importaba era que la ruina económica de Giacomo estaba en sus manos. Y se hallaba en el sitio ideal para celebrarlo cuando le asestara el golpe final.

Volvió a mirar a la deslumbrante mujer de rojo. Su cabello castaño claro pedía a gritos que lo despeinaran, y su boca, que hacía un mohín cada vez que él ganaba, invitaba a jugar con ella.

Y su cuerpo... El vestido le estaba un poco estrecho, pero demostraba que era una magnifica criatura.

A la que poseería esa noche. Sería la guinda del pastel.

Pero antes...

–¿Te rindes? –preguntó al anciano, aunque ya conocía la respuesta. Eran muy similares, lo cual no era de extrañar, ya que eran padre e hijo, aunque se odiaran.

–Tendrás que pasar por encima de mi cadáver –respondió Giacomo al tiempo que lanzaba a la mesa su última ficha por valor de cinco millones de dólares.

Narciso vio que Ruby abría la boca. Verle la lengua lo excitó. Y se excitó aún más al ver que la cerraba y que lo miraba a los ojos con la misma emoción anticipada que sentía él.

Narciso dejó que viera que le interesaba, le mostró la promesa de lo que estaba por llegar.

Ella se sonrojó. Era realmente encantadora y parecía tan inocente... Sin embargo, se hallaba en un lugar como aquel, donde había muchas posibilidades de que trataran de flirtear con ella.

Apartó esos pensamientos de la mente. Hacía mucho tiempo que había renunciado a entender por qué la gente hacía lo que hacía. De otro modo, se hubiera vuelto loco intentando averiguar por qué su padre lo odiaba; o por qué la traición de María seguía siendo una herida en carne viva.

Sin dejar de mirar a la mujer, acabó la copa y se la tendió.

–Vuelvo a tener sed.

Ella se marchó y volvió con otra copa.

Cuando iba a marcharse de nuevo, él la agarró por la cintura. Ella trató de soltarse.

–Quédese. Me trae suerte tenerla cerca.

–Es una lástima que necesites a una mujer para ganar –afirmó Giacomo con desdén.

Su hijo no le hizo caso. Quería acabar de jugar de una vez para poder abrazar a aquella mágica criatura.

Giacomo lanzó su ficha a la mesa. Narciso miró las cartas que tenía.

–Vamos a subir la apuesta.

–¿Crees que tienes algo que deseo? –preguntó su padre.

–Sé que lo tengo: la empresa tecnológica que te gané el mes pasado. Si pierdo esta mano, te la devolveré y añadiré todo esto –indicó con la cabeza el montón de fichas que tenía frente a él, que fácilmente equivaldrían a treinta millones de dólares.

–¿Y si pierdo?

–Me das la otra ficha de cinco millones que sé que tienes en el bolsillo y dejo que te quedes con la empresa.

Giacomo le dirigió una sonrisa desdeñosa, pero su hijo se dio cuenta de que estaba haciendo cálculos: treinta millones frente a diez.

Narciso esperó mientras aspiraba el perfume de la mujer. Deslizó la mano más abajo. Ella intentó de nuevo soltarse, pero él la atrajo hacia sí.

–Mi oferta caduca dentro de diez segundos.

Giacomo se sacó la ficha del bolsillo y la lanzó a la mesa. Después mostró las cartas.

Narciso no tuvo que mirar las suyas para saber que había ganado.

Sin embargo, no experimentó la esperada sensación de triunfo, sino una de vacío.

–Vamos, cobarde, es tu turno. ¿Te rindes?

Narciso respiró hondo tratando de deshacerse de la opresión que sentía en el pecho. Lentamente el vacío fue sustituido por la ira.

–Sí, me rindo.

La risa victoriosa de su padre atrajo la atención de las otras mesas, pero a él no le importó. Estaba a punto de volverse hacia la mujer cuando Giacomo tomó las cartas que su hijo había dejado en la mesa.

Se sonrojó: las cartas de Narciso eran mejores que las suyas. Se dio cuenta de que se había burlado de él.

–*Il diavolo!* –exclamó temblando de furia.

Narciso se levantó. Su rostro no demostraba emoción alguna.

–Sí, soy el demonio que engendraste. Será mejor que lo recuerdes la próxima vez que nos veamos.

Capítulo 3

S OY el demonio que engendraste».

¿Lo había dicho en sentido literal?

Ruby miró al hombre que la llevaba pegada a su costado hacia...

—¿Adónde vamos? –preguntó mientras la mano de él la apretaba con más fuerza.

Una explosión de deseo la recorrió de arriba abajo. Y eso que ni siquiera le estaba tocando la piel desnuda.

—Primero, a bailar; después, ¿quién sabe?

—Pero tengo que estar en la barra...

—Ya no es necesario.

—¿Puede usted hacer eso?

—Ya se dará cuenta de que puedo hacer todo lo que quiera.

—Acaba de perder treinta millones de dólares a propósito, por lo que creo que es evidente que puede hacer lo que le plazca. Lo que le pregunto es si no me arriesgo a perder el trabajo al dejar mi puesto.

Él la metió en el ascensor y presionó el botón del piso inferior.

—Está usted aquí para servir a los socios del club y yo requiero sus servicios en la pista de baile. ¿Calma eso su ansiedad?

—¿Quién era el hombre con el que jugaba?

La mirada de él se endureció, pero después sonrió.

Ruby tuvo que contenerse para no tragar saliva ante la transformación de su rostro al sonreír.

–Nadie importante. Usted es mucho más fascinante –afirmó mientras el ascensor se detenía y se abrían las puertas.

Él la agarró de la muñeca y deslizó su mano por el brazo de ella. El escalofrío que Ruby había sentido la primera vez que la había tocado se centuplicó.

¿Qué demonios le sucedía? Había creído que estaba enamorada de Simon, pero él jamás había hecho que se sintiera así.

«Química», se dijo.

La palabra hizo saltar en ella todas las alarmas.

–No soy fascinante.

Él soltó una risa ronca y profunda, que a ella le produjo un cosquilleo en todo el cuerpo.

¿Era así como se sentía una presa en las garras de un depredador? Pues ella no era la presa de nadie.

–También es inusualmente ingenua. A no ser que se trate de un truco.

Ruby contuvo la respiración ante la sensación de peligro que se estaba apoderando de ella.

–No hay truco alguno. Y no soy ingenua.

La mano de él le había llegado al hombro y los dedos se le deslizaron por la clavícula.

Las puertas del ascensor comenzaron a cerrarse. Él volvió a agarrarla de la muñeca y pulsó el botón para abrirlas.

–Vamos a bailar. Así me podrá contar lo poco ingenua y fascinante que es.

La pista de baile era grande y solo había una docena de socios bailando. Por la música que sonaba, podían haber bailado separados, que era lo que ella esperaba. Pero él tenía otros planes.

Le pasó un brazo por la cintura y, con el otro, le agarró la mano y se la puso sobre el pecho mientras comenzaba a moverse. La fluidez con que lo hacía, su
sensualidad innata, indicaron a Ruby que sabía mucho
sobre sexo y sexualidad, que sabía cómo poseer a una
mujer y dejarla satisfecha, pero deseando más.

—Estoy esperando a que me lo explique.

—¿El qué?

—Por qué cree que no es fascinante. Los pensamientos indecentes que le rondan por la cabeza los de-
jaremos para más adelante.

—¿Cómo...? No he...

—Se sonroja cuando se pone nerviosa. No serviría
para jugar al póquer.

—No juego y no sé por qué estamos teniendo esta
conversación.

—Estamos llevando a cabo la obligatoria danza de
apareamiento antes de aparearnos.

Ella se detuvo en seco.

—¡Ni lo sueñe! No estoy aquí para ser su aperitivo
ni el de ningún otro.

—No se subestime, querida. Creo que es usted más
bien un postre prohibido que un aperitivo, que, en cualquier caso, pienso devorar.

—Mire, señor...

—Nos encontramos en una reunión con los invitados
enmascarados, envuelta en secretos, intrigas y miste-
rios, ¿y quiere saber mi nombre?

—No sé por qué presiento que todo esto lo aburre.

—Es usted muy intuitiva. Tiene razón: me aburro.
Mejor dicho, me aburría hasta que la he visto.

—Estaba muy entretenido mientras jugaba, y eso no
tiene nada que ver conmigo.

La mirada de él volvió a endurecerse al recordarlo.

–Pero he perdido treinta millones para que lo que sucede entre nosotros suceda antes.

–No sucede nada.

–Si eso es lo que cree, es que es verdaderamente ingenua.

Una pareja se aproximó a ellos. Era la pelirroja, en brazos de un hombre, mirando con deseo a Narciso. Ruby se enfadó sin saber por qué.

–¿Por qué no se va con ella? Está claro que lo desea.

Él no se molestó en mirar a la mujer que le indicaba ella. Se limitó a sonreír y a encogerse de hombros.

–Todas las mujeres me desean.

–Vaya, no es usted precisamente tímido.

Él se inclinó hacia delante y el pelo le cayó sobre la frente.

–¿Son los tímidos los que la excitan? –susurró.

–No estamos hablando de mis gustos –dijo ella poniéndose tensa al recordar la timidez de Simon y su duplicidad.

–Veo que he puesto el dedo en la llaga. Pero, si no me cuenta sus gustos, ¿cómo voy a complacerla? –le susurró él al oído.

A Ruby le costaba respirar. Los torsos de ambos casi se rozaban, pero la parte inferior del cuerpo de ella estaba pegada a la de él, y la reacción masculina era inequívoca.

Estaba excitado y dispuesto a que ella lo notara.

Ella tropezó y él la sujetó con fuerza y trató de volver a abrazarla, pero ella retrocedió con rapidez.

–Puede empezar invitándome a tomar algo.

Estuvo a punto de explicarle el motivo de su estancia en Macao, pero decidió que no era el sitio ni el momento adecuado. Miró a su alrededor y señaló el otro extremo de la sala.

–¿Quiere sentarse? ¿Es una táctica dilatoria? –preguntó él.

–Claro que no. Quiero tomar una copa.

Él asintió. El alivio le duró poco a Ruby, ya que él la agarró por la cintura y la condujo fuera de la pista.

–Solo trata de retrasar lo inevitable.

–No sé a qué se refiere.

Ella se dirigió a un hueco que había en la barra. El barman la miró frunciendo el ceño.

–Creo que no está autorizada a...

–¿Algún problema? –preguntó Narciso.

–Ninguno, señor.

Pidieron las bebidas y el barman se las sirvió.

–¿Lista para beber?

Ruby pensó que aquello no iba bien. En vez de controlar la situación, sus pensamientos se dispersaban cada vez que él la miraba a los ojos.

–Sí –contestó ella dando un sorbo de su copa, sin poder apartar la vista de aquellos ojos grises que la llenaban de deseo.

Antes de descubrir el engaño de Simon, Ruby pensaba en el sexo en términos abstractos, como algo que acabaría sucediendo entre ellos cuando la confianza y el afecto fueran lo suficientemente sólidos.

El sexo por el sexo, o utilizado como un arma, como en el caso de sus padres, no le interesaba, por lo que no le había supuesto problema alguno seguir virgen a los veinticuatro años.

Pero al mirar los ojos de Narciso comenzó a entender por qué el sexo era tan importante para algunas mujeres. Nunca había querido perderse en los ojos de un hombre ni besarlo en lo labios del modo que deseaba besar a Narciso.

—Tómese otra —le ordenó él con voz ronca.

Estaba claro que se moría de ganas de besarla. Pero ella sabía por experiencia lo traicionera y volátil que podía resultar la atracción sexual.

—No, gracias. Es tarde y tengo que irme.

—Tiene que irse —afirmó él frunciendo el ceño.

—Sí.

—¿Adónde exactamente?

—Al hotel, por supuesto.

—Creí que había entendido cuál era su cometido aquí —murmuró él con frialdad.

Ella sintió un escalofrío.

—¿A qué se refiere?

—Me refiero a que el edificio está cerrado desde el momento en que el último socio entró. Tiene que quedarse conmigo hasta las seis de la mañana —se aproximó a ella—. Y tengo una idea excelente de cómo pasar el tiempo.

Narciso observó que el rostro de ella mostraba emoción, ansiedad y recelo.

Las dos últimas no se las esperaba, ya que a cualquier mujer se le hubiera hecho la boca agua al saber que estaban encerrados y le habría comunicado su disponibilidad antes de que él cambiara de idea.

Incluso la emoción estaba desapareciendo del rostro de ella, que solo parecía muy asustada.

Él frunció el ceño.

—Me esperaba una reacción más entusiasta.

Ella miró el reloj de él, que seguía en su muñeca, y luego volvió a mirarlo a la cara.

Narciso pensó que le regalaría el reloj, que podría seguir llevándolo puesto mientras tenían sexo.

–Me acaba de decir que no puedo marcharme y quiere que me muestre entusiasmada.

–Está rodeada de los hombres más ricos e influyentes del mundo. Quienes acuden a esta reunión tienen los mismo planes, trabajar mucho y divertirse más, sobre todo las azafatas. Usted, en cambio, se comporta como si la hubieran condenado a cadena perpetua. ¿Por qué?

Sus ojos azul zafiro lo miraron con una mezcla de osadía y timidez que despertó su curiosidad. Ella quería algo, pero no parecía segura de cómo conseguirlo.

Él estaba dispuesto a mostrarle cómo conseguir exactamente lo que deseaba cuando la condujera a su suite. Incluso le propondría usar los cordones de terciopelo que sujetaban las cortinas de la cama.

El deseo le asalto con una fuerza que llevaba años sin experimentar, suponiendo que la hubiera experimentado alguna vez. Su intensidad lo aturdió durante unos segundos, hasta que se dio cuenta de que ella había comenzado a hablar.

–... sabía lo del club y que trabajaría aquí dos días, pero no sabía que estaría encerrada durante ese tiempo.

–Permítame un consejo: lea siempre la letra pequeña.

–Siempre lo hago, aunque no diría lo mismo de otros a los que se les señala y se empeñan en no hacerle caso.

–¿Es una indirecta? ¿Le importaría explicarse?

–Tengo frío. ¿Nos vamos?

–Excelente idea.

Se iría con aquella mujer a su suite. Llevaba mucho tiempo sin desear algo con tanta intensidad, desde que había cumplido once años...

Desechó ese pensamiento y se dirigieron al ascensor, muy complacido de que ella no protestara. Tal vez hubiera aceptado lo inevitable.

Tenían que estar juntos. Lo sucedido al principio de la noche con Giacomo casi le había amargado la velada. Ella haría que le desapareciera la amargura durante un rato, la inquieta sensación de vacío que había experimentado al tener en sus manos la ruina financiera de su padre y no haberla ejecutado.

Todo iría mejor a la mañana siguiente.

Esa noche pensaba sumergirse en el más delicioso de los olvidos.

—¿Puedo preguntarle adónde me lleva? —preguntó ella.

—No, lo que debiera preguntarme es de cuántas formas voy a hacer que disfrute con lo que viene a continuación —replicó él mientras pulsaba el botón que los llevaría al quincuagésimo piso, donde se hallaba la suite.

—Si su intención es perder unos cuantos millones más, preferiría no verlo —dijo ella en tono de censura.

Él sabía por experiencia que las mujeres siempre tenían planes ocultos con respecto a él: hacerse indispensables o aprovecharse de su poder e influencia, y de su cuerpo, el máximo tiempo posible.

Pero aquella mujer no parecía tenerlos. Sin embargo, había en ella algo... A Narciso no le gustaban las señales contradictorias que recibía de ella.

—¿Nos habíamos visto antes? —preguntó de repente, aunque estaba seguro de que lo recordaría. Ella tenía un cuerpo inolvidable, y esa boca... Seguro que la recordaría.

—Claro que no. Además, recuerde que no sé quién es usted.

–Si no sabe quién soy, ¿cómo sabe que no nos conocemos?

–No lo sé. Creo que... que me acordaría de un hombre como usted.

Él sonrió.

–Me alegro de que crea que soy inolvidable. Mi intención es que esa idea se convierta en realidad.

–Ya lo ha hecho, se lo garantizo –bromeó ella.

Narciso tuvo la impresión de que no era un cumplido.

Dio un paso hacia delante y ella retrocedió. Lo miró con los ojos muy abiertos al darse cuenta de que estaba atrapada entre él y la pared del ascensor.

–Creo que en algún momento le he causado mala impresión. Normalmente me daría igual, pero... –se aproximó más a ella hasta sentir su respiración agitada en la barbilla.

–¿Pero qué? –preguntó ella con voz ronca.

–Pero esta vez quiero cambiar dicha impresión.

–¿Quiere que crea que es un buen tipo?

Él rio al tiempo que la agarraba por la cintura

–Yo no diría tanto. Llevo sin ser bueno desde... –volvió a matar el recuerdo– siempre.

Ella le miró la boca y él apenas pudo contener un gemido, pero le agarró la cintura con más fuerza.

–¿Qué es lo que quiere de mí?

Las puertas del ascensor se abrieron antes de que él pudiera responder. Él la tomó de la muñeca y tiró de ella. Abrió la puerta de la suite y no se molestó en cerrarla, ya que era automática. La suite ocupaba toda la planta, por lo que nadie los molestaría a no ser que él quisiera.

Y no deseaba ninguna clase de interrupción.

Ella se había quedado inmóvil. Se volvió para mirarla.

–¿Me ha traído a su suite?

–Es usted muy observadora.

–Sepa desde ahora mismo que no voy a permitirme nada... ilícito con usted.

–Como no hemos decidido lo que vamos a hacer, creo que se está precipitando.

–Me gustaría que dejara de jugar conmigo.

Él movió los hombros inquietos, con la misma inquietud que hacía vibrar todo su cuerpo. No recordaba la última vez que le había costado tanto convencer a una mujer de que reconociera su interés por él.

–Muy bien. ¿Niega que esté sucediendo algo intenso e innegable entre nosotros?

–No quiero...

–Si de verdad no quiere estar aquí, dígalo y dejaré que se vaya –no era verdad del todo. Primero, emplearía sus múltiples habilidades para hacer que se quedara. Sabía que atraía a la mayoría de las mujeres y, a pesar de las señales contradictorias que le enviaba, aquella mujer sentía tanta atracción por él como él por ella. Tal vez necesitara una mayor preparación de lo habitual, pero estaba más que dispuesto a proporcionársela.

La observó debatirse consigo misma durante unos segundos. Después, ella se volvió hacia la ventana. Él reprimió el deseo de agarrarla. Tomó un mando a distancia y pulsó un botón para que los cristales pasaran de opacos a transparentes.

La ciudad de Macao se extendió ante su vista, con sus antiguos edificios portugueses y chinos y su moderna arquitectura.

–Dígame que se quedará.

La idea de desearla tanto le hizo reflexionar, ya que

había aprendido a no desear nada que no pudiera obtener. Por eso sopesaba cada una de sus decisiones con enorme precisión. Así evitaba sentirse decepcionado y que lo hicieran sufrir.

Ella tardó un par de minutos en responder, que fueron los más largos de la vida de Narciso.

—Me quedaré un ratito.

Él tragó saliva y asintió. De pronto sintió deseos de quitarle las horquillas del cabello para que la dorada melena le cayera sobre los hombros.

—Suéltese el cabello —el juego se había acabado.

—¿Por qué?

—Porque quiero verlo y porque se va a quedar.

Ella se llevó la mano a la nuca, pero la bajó inmediatamente.

—Prefiero seguir con él recogido.

—Si lo que trata es de aumentar mi interés por usted, lo está consiguiendo.

—No estoy... Mi cabello no es gran cosa.

—Para mí lo es. Siento debilidad por el cabello largo.

—Si me lo suelto, ¿se quitará usted la máscara?

Él lo estaba deseando, pero algo le indicó que siguiera con ella puesta.

—No. En mi casa mando yo.

—No es justo, ¿no le parece?

—Si la vida fuera justa, ahora mismo estaría desnuda y debajo de mí.

Ella se sonrojó. A punto de estallar, él se quitó el esmoquin y lo dejó en el sofá. Después se soltó la pajarita y se desabrochó los botones superiores de la camisa. Cuando miró a Ruby, ella tenía la vista clavada en él.

Era evidente que la atracción era mutua. De ella

emanaban oleadas de deseo sexual, lo que hacía más intrigante el recelo que había en sus ojos.

«Ya basta», se dijo él.

Dio tres zancadas y se plantó delante de ella, que gritó, sorprendida, cuando la atrajo hacia sí. Sin darle tiempo a que protestara, la besó en los labios. Tenían un gusto delicioso. Cerró los ojos, narcotizado por su sabor.

Estaba excitado, más que nunca. Y solo la había besado durante unos segundos.

Ella emitió un sonido, abrió los labios y sacó la lengua para encontrarse con la de él, que se había lanzado sobre su boca con desesperación.

Él la besó con más profundidad y gimió cuando ella le acarició los brazos para abrazarlo por los hombros. Después le acarició la nuca, antes de meterle los dedos en el cabello.

Cuando él los sintió en el cuero cabelludo, la excitación hizo que se estremeciera. Alzó la cabeza y la miró a los ojos, oscuros de deseo.

–Ya sabe lo que me gusta.

Sin darle tiempo a que ella le respondiera, volvió a besarla en la boca. El sonido de sus besos resonó en la habitación mientras se devoraban mutuamente.

Él la atrajo aún más hacia sí, ella respiró hondo y sus senos se estrellaron contra el torso masculino. Él tomó uno en la mano, a la que se ajustaba a la perfección, y le acarició el rígido pezón con el pulgar.

Ella se sobresaltó y le mordió el labio inferior. Emitiendo un sonido ronco, se separó de él.

Narciso siguió jugueteando con el pezón mientras se miraban. La boca de ella, húmeda y levemente hinchada, se abrió para tomar aire.

–¿Le gusta cómo se siente? –le tomó el otro seno

con la otra mano y le acarició el pezón–. Le prometo
que haré que se sienta todavía mejor. Suéltese el cabello y muéstreme lo preciosa que es.

Sus palabras sacaron a Ruby de su estupor y, poco
a poco, la realidad se abrió paso en su cerebro. Trató
de fijarse en otra cosa que no fuera el hermoso rostro
masculino, la parte de él que no estaba cubierta por la
máscara.

Primero, se fijó en un candelabro; luego, en los
dragones que había en la pared, detrás de él. La realidad se apoderó de ella con más rapidez. Había un sofá,
una *chaise longue*...

Después bajo la vista a las manos de él sobre sus
senos. Una imagen tan erótica le produjo una sensación tan intensa entre los muslos que quiso llevarse la
mano allí para sentir alivio.

–Suéltese el cabello –repitió él.

Ella aterrizó definitivamente.

–¡No!

Retrocedió varios pasos para separarse de él, sin
importarle su expresión de desagrado.

«¡Céntrate, Ruby!», se dijo.

La última vez que había mezclado el placer con los
negocios, había estado a punto de acabar participando
en una infidelidad, que era lo que más despreciaba en
la vida. Le daba igual no haber sabido que Simon estaba casado. Pensar en lo que podía haber pasado seguía avergonzándola.

Estaba allí para que Narciso cumpliera el trato que
tenía con ella, no para que la arrastrara a un remolino
de emociones que, al final, solo le causaría dolor.

Tras el infierno que había sido su infancia a causa

del comportamiento de sus padres, y de la experiencia que había tenido con Simon, no iba a subirse a esa impredecible montaña rusa.

Retrocedió otro paso, a pesar de que su deseo la impulsaba hacia Narciso y del convencimiento de que el sexo con él sería increíble.

«¡A pesar de nada!», se reprochó.

No iba a caer en la misma trampa que su madre porque un playboy sin escrúpulos como Narciso Valentino chasqueara los dedos.

Pero tenía que conseguir lo que había ido a buscar. Miró a su alrededor y vio el bar en un extremo de la habitación.

—Le voy a poner otra copa —dijo mientras se encaminaba hacia allá.

—No hace falta que me emborrache para conseguir de mí lo que desea, *cara mia*.

Ella se dio la vuelta.

—No me llame así.

¿Sabe lo que significa?

—Sí, soy italiana.

—Y yo, siciliano.

—Hablemos la lengua que hablemos, no deseo que me llame «querida». No me gusta.

—¿Cómo quiere que la llame?

—Ruby. Podemos tutearnos.

No le importó decirle el nombre, ya que, para explicar su presencia allí, tenía que revelarle quién era.

—Ruby —repitió él.

Su forma de decirlo le aceleró el pulso.

—Te sienta muy bien ese nombre —murmuró él.

—¿A qué te refieres?

—Se parece a tu boca, un rubí, después de que te la

haya besado. Supongo que lo mismo se podrá decir de otras partes de tu cuerpo cuando hayamos acabado.

–¿En serio? –preguntó ella sonrojándose aún más.

–¿Me he pasado de la raya? –preguntó él riéndose.

–Mucho –respondió ella.

Él se encogió de hombros y señaló el bar con la cabeza.

–Te concedo el aplazamiento que buscas, pero solo durante un rato.

Ella fue detrás de la barra y agarró las primeras botellas que encontró. Preparó una de sus creaciones preferidas y la puso sobre la brillante superficie.

Él la agarró y le dio un sorbo sin dejar de mirarla. La saboreó.

–Tienes mucho talento.

–Gracias –replicó ella, complacida.

–*Prego*.

Se bebió el resto y dejó la copa en la barra.

–Ya basta de juegos, Ruby. Ven aquí.

Ella se le acercó con el corazón a punto de salírsele del pecho.

–Dame lo que quiero.

Ella vaciló diez segundos. Después, creyendo que no tenía nada que perder, obedeció.

Su cabello era largo y espeso, a veces inmanejable. Se lo soltó, nerviosa, mientras él la miraba.

–Eres preciosa. Tienes la piel de porcelana, me gustaría perderme en tus ojos y ver cómo se te iluminan de placer al poseerte.

A Ruby le pareció imposible que unas simples palabras pudieran despertar en ella tanto deseo. Todo en él se lo producía.

Tenía que cortar aquella locura de raíz antes de que fuera demasiado lejos.

–Siento haberte dado la impresión de que iba a suceder algo más entre nosotros. No me vas a poseer.

–¿Ah, no? –preguntó él mientras su mano descendía por su mejilla hasta la barbilla–. ¿Por qué lo dices?

–Porque no me deseas de verdad.

Él soltó una carcajada.

–Cada poro de mi cuerpo está en desacuerdo con lo que dices. Pero si necesitas una prueba...

Se inclinó hacia delante, la agarró y se la echó al hombro.

Ella gritó.

–Bájame.

Él siguió riendo mientras recorría el pasillo. El largo cabello de ella se le enredaba en las piernas.

–No sé qué pretendes, pero te exijo que me bajes inmediatamente –le ordenó ella.

Él la depositó en la cama, una cama enorme con una docena de almohadas.

–¿Qué decías?

Ella se apartó el cabello de los ojos y vio que él se estaba quitando los zapatos. Cuando vio que se desabrochaba el cinturón, se bajó de la cama.

Él la agarró y la colocó en el centro de la misma.

–¿Vas a portarte bien y a esperarme?

–¿Esperarte? ¡Por supuesto que no!

Él la tomó de la barbilla. Cuando inclinó la cabeza hacia ella, Ruby se apartó.

–¿Qué haces?

–Atraer tu atención durante unos segundos. No tengas miedo, porque nada sucederá en esta habitación sin tu consentimiento.

–No hace falta que me beses para atraer mi atención.

Él se enderezó y bajó la mano.

—Es una lástima, pero voy a recordarte algunas reglas básicas antes de continuar. No tenemos que revelar nuestra identidad. Sin embargo, como me has hecho el honor de decirme cómo te llamas, te haré el de quitarme la máscara. Pero debes darme tu palabra de que esto quedará entre nosotros.

Comenzó a desabrocharse la camisa. Ruby contuvo la respiración. Había llegado la hora de la verdad, el momento de acabar con aquella peligrosa situación de una vez por todas.

—No hace falta. Sé quién eres. Eres Narciso Valentino, el motivo de que esté en Macao.

Capítulo 4

EL SE quedó petrificado. Segundos después se quitó la máscara y Ruby pudo verle por entero por primera vez.

Su belleza cortaba el aliento. Vio que su rostro se tensaba y que se ponía en estado de alerta.

—Así que sabes quién soy —afirmó él en tono glacial.

Ella se pasó la lengua por los labios al tiempo que asentía.

—Eres americana.

—Sí vivo en Nueva York, igual que tú. Vengo de allí.

—Y me has seguido hasta Macao. ¿Por qué?

Una mezcla de nervios e ira hizo que ella saltara de la cama.

Él la agarró.

—Como vuelvas a moverte, tendré que atarte.

A ella le entró el pánico. Tiró de las manos para soltarse, pero él se las ató al pilar de la cama con el cordón de terciopelo de las cortinas.

Ella lo miró con incredulidad. Él lanzó la máscara a la cama, se quitó la pajarita y la tiró al suelo sin molestarse en ocultar la furia que sentía.

—Muy bien, te he entendido, pero no me podrás tener prisionera para siempre.

—Espera y verás.

–Gritaré.

–Es posible, pero te entregaré a la dirección y diré que te has colado en mi habitación contraviniendo las normas de seguridad.

–Me parece increíble que me hayas atado.

–No he tenido más remedio que hacerlo. Ahora empieza a hablar.

–Dime qué quieres saber.

–¿Te llamas Ruby de verdad?

–Sí.

–¿Y es cierto que no nos habíamos visto antes?

–Sí, aunque estuvimos a punto de hacerlo la semana pasada.

–¿Cómo?

–Te fui a buscar al Riga, pero te marchaste cuando llegué.

Él se le acercó más y la miró con los brazos en jarras.

–Ha habido mujeres que han hecho cosas inesperadas para atraer mi atención, pero no creo haber tenido el privilegio de que una loca me haya estado acechando.

–No estoy loca ni te he acechado –ella tiró de las ataduras, pero solo sirvió para que la apretaran aún más–. Puedo explicártelo todo. Desátame.

Él no le hizo caso.

–Podríamos habérnoslo pasado muy bien. ¿Por qué lo has estropeado? –le preguntó con verdadero pesar.

–Tengo una buena razón para estar aquí.

–Eso espero, por tu bien, ya que no me gusta que me manipulen.

Ruby recordó cómo él había manipulado a su oponente, lo cual le había demostrado lo peligroso que era, a pesar de su aparente encanto y de su magnetismo.

Él se dirigió a la ventana. Se quitó la camisa con

brusquedad y la lanzó al suelo junto a la pajarita. Después se metió las manos en los bolsillos, movimiento que contrajo su musculosa espalda. Ella pensó que era la primera vez que estaba tan cerca de un hombre semidesnudo y digno de ser contemplado.

Narciso se dio la vuelta. A Ruby, verle el torso desnudo le resultó difícil de soportar. Su deseo aumentó al mirarle los pezones. Sintió un escalofrío. Se agarró al pilar de la cama y se impulsó hacia el borde de la misma para observar atentamente los nudos que la ataban.

–¿Dónde crees que vas?

–No puedo estar toda la noche atada como un pavo de Navidad.

–Contesta a mis preguntas y me lo pensaré.

–¿Te lo pensarás?

–¿Te has olvidado de que soy yo quien controla la situación? –preguntó mientras se acercaba a la cama y se plantaba frente a ella.

De pronto, Ruby deseó no haberse movido del centro de la cama. Estando tan próximos, el calor que se desprendía de la sedosa piel de Narciso la invadió por completo. Sintió la necesidad de mover los dedos y tocarle las costillas.

–Adelante –dijo él.

–¿Perdona?

–Quieres tocarme. Adelante, pues. Retomaremos la conversación cuando hayas satisfecho tu deseo.

–Te equivocas. No quiero tocarte. Lo que quiero es que me sueltes...

Se quedó sin habla cuando él la agarró por las caderas y la atrajo hacia sí.

–Pues, a pesar de que me has arruinado la noche, yo sí te sigo deseando.

Ahogó sus protestas besándola en la boca con tanta fuerza como antes. Los labios de ella se abrieron para dar la bienvenida a su lengua.

Ruby gimió sin poder contenerse y, contra su voluntad, le acarició el cuello y la clavícula.

Cuando él levantó la cabeza, ambos jadeaban. Él se lamió los labios lentamente. Al verle la lengua húmeda, ella sintió fuego líquido entre los muslos.

Ruby cerró los ojos, desesperada, y cuando los abrió él le estaba quitando los zapatos.

—¿Quieres dejarlo ya?

—Soy un pervertido cuando la ocasión lo requiere, pero no suelo arriesgarme a que un tacón me atraviese el pulmón —tiró los zapatos al suelo—. ¿Necesitas ayuda con el vestido?

—¡No! —Ruby se apartó de él todo lo que pudo.

—Son casi las dos de la mañana. Y todavía no hemos tenido nuestro *tête-à-tête*. Pero, si quieres seguir impidiendo que la sangre te circule bien por ese vestido tan estrecho, allá tú. Dime por qué estás aquí.

—Suéltame primero.

—Hace tres minutos que lo he hecho.

Sorprendida, Ruby se miró las muñecas. El cordón estaba lo bastante flojo como para liberarse. No se había dado cuenta al estar cautivada por el beso.

Narciso la miró con ojos burlones. Ella se quitó el reloj y se lo tendió, pero él no lo agarró.

—Sigo esperando a que me contestes.

—Me llamo Ruby Trevelli.

—¿Debería significar algo para mí?

Dolida por su respuesta, ella lanzó el reloj sobre la cama. Él lo recogió con calma, la agarró de la muñeca y se lo volvió a poner.

—¿Qué...?

—Contéstame. ¿Debería tu nombre significar algo para mí?

—Sí, hace poco gané un concurso de chefs.

—Lo siento, pero no estoy al tanto de la cultura popular.

—Pues deberías. Tu cadena de televisión es la patrocinadora.

—Tengo más de sesenta medios de comunicación en todo el mundo, por lo que no puedo estar al corriente de los programas que se emiten en mis cadenas. Has venido a recoger un premio, ¿es eso? —parecía decepcionado.

—Dicho así, parece un capricho, pero te aseguro que no lo es.

—Entonces, explícamelo. ¿Por qué has viajado en avión cientos de kilómetros para abordarme?

Aunque a él pudiera parecerle un capricho, se trataba de su vida y de su forma de ganársela, de obtener una independencia por la que había luchado mucho para no caer en la órbita de sus padres. Y esa vida estaba amenazada por un usurero.

—Quiero que la cadena de tu propiedad haga honor al trato y me pague lo que me debe.

Él la miró con expresión desdeñosa.

—¿Has venido a buscarme por dinero?

—Sí, por el dinero del premio.

—Pero ¿por qué has acudido a mí? ¿Por qué no has ido a ver al director de la NMC?

—¿Crees que no lo he intentado? Nadie ha respondido a mis llamadas.

—¿En serio? ¿Nadie en una empresa de más de mil empleados?

—No, y tengo la factura telefónica para probarlo.

–Pues es evidente que debo contratar a personas más competentes.

–No me gusta tu tono –le espetó Ruby mientras se desplazaba hacia un lado por el borde de la cama.

Él la agarró y la volvió a situar frente a él al tiempo que la sostenía por la cintura.

–¿A qué tono te refieres?

–Es evidente que no me crees. ¿Por qué iba a viajar miles de kilómetros si no me hubiera topado con un muro?

–¿Y si hubieras pensado que con un vestido ceñido podías lograr un trato mejor?

Ella se puso lívida.

–Sé que no me conoces, pero nunca he utilizado el sexo ni mi sexualidad para progresar en mi profesión. Puedes ser todo lo ofensivo que quieras, pero el hecho es que Nigel Stone no se ha puesto al teléfono la docena de veces que lo he llamado.

Él entrecerró los ojos ante la furia que contenían sus palabras, pero no dijo nada.

–Podemos solucionar esto enseguida –prosiguió ella–. Llámale ahora para que hable conmigo. Así te librarás de mí.

–En Estados Unidos es sábado por la mañana. Nunca molesto a mis empleados durante el fin de semana.

–Sí, claro –respondió ella, llena de ira.

Él le dedicó una sonrisa cínica.

–¿No me crees?

–Lo que creo es que haces lo que quieres y cuando quieres. Si te conviniera, ya estarías hablando con él.

Él se encogió de hombros.

–Muy bien, reconozco que exijo mucho a mis empleados cuando tengo que hacerlo, pero también reconozco que tienen derecho a su tiempo de inactividad, del mismo modo que yo al mío.

–¿Me estás diciendo que tienes que dormir para funcionar al día siguiente?

–Tiempo de inactividad no significa necesariamente tiempo para dormir. Esta noche contaba con tener sexo salvaje.

Ella se apartó de él, de la tentación que le suponían sus palabras.

Desde que lo había visto por primera vez había pensado con frecuencia en cómo sería el sexo, en general. Y en aquel momento se preguntó cómo sería tenerlo con él.

Asqueada de sí misma, se levantó de un salto. Salió corriendo de la habitación y se apresuró por el pasillo hacia la puerta principal.

Agarró el picaporte y lo bajó para abrirla. No sucedió nada.

Miró a su alrededor y vio el mando electrónico. Apretó el botón que le pareció más adecuado.

–No podrás salir a no ser que te deje.

Ella se dio la vuelta. Él estaba apoyado despreocupadamente en la pared del vestíbulo. Al verlo allí despeinado y medio desnudo, tan sexy, le entró miedo.

–Entonces, déjame salir.

–Si lo hago, la conversación sobre las razones de que estés aquí habrá acabado. Mi cadena, si es responsable de lo que dices, no te deberá nada si sales de aquí

–Eso es absurdo. He firmado un contrato. Tú lo has firmado. No puedes incumplirlo por un capricho.

–Piénsalo, Ruby. Has viajado hasta aquí para que te atendiera. Estoy dispuesto a hacerlo. ¿Te parece prudente marcharte ahora, cuando estás tan cerca de tu objetivo?

–¿Por qué no hablamos ahora?

–Porque no me gusta hablar de negocios cuando no estoy despejado. Y puesto que me has proporcionado cócteles exquisitos toda la noche, tomaría una decisión bajo la influencia del alcohol –inclinó la cabeza y un mechón de pelo le cayó sobre los ojos.

¡Por Dios! Aquel hombre era decididamente un peligro. Bastaba que levantara un dedo para que de él emanara sexo y sensualidad.

–No me habrás estado sirviendo constantemente bebidas para aprovecharte de mí, ¿verdad? Porque eso me decepcionaría profundamente.

Ella, indignada, ahogó un grito.

–Por supuesto que no.

Él le tendió la mano lentamente.

–En ese caso, Ruby, no hay motivo alguno para que no te quedes.

Narciso estaba haciendo todo lo posible para no mostrarse furioso y para no abofetearse por no haber hecho caso de las señales de alarma.

Solía detectar a las cazafortunas a un kilómetro de distancia. Durante unos instantes deseó que ella no le hubiera demostrado su avaricia hasta después de haberse acostado juntos. Pero, entonces, se hubiera sentido utilizado.

La furia y su frustrada excitación amenazaban con partirlo en dos si ella no volvía a sus brazos.

Ella besaba como si hubiera nacido para ello. Se preguntó a cuántos habría besado con la misma intensidad que a él, y su furia aumentó.

¿Qué le pasaba? Tenía que buscar un teléfono y denunciarla a la dirección. El acoso era intolerable. Pero su acosadora parecía estar deseando perderlo de vista mientras miraba con aprehensión la mano que le había tendido.

—Ven aquí —le ordenó.

—Si has bebido demasiado para que hablemos, ¿por qué otro motivo iba a quedarme? Y no me hables de sexo salvaje, porque eso no va a suceder.

Él bajó la mano y se volvió con brusquedad.

—Voy a volver al dormitorio. Si dentro de un minuto no estás allí, daré por concluido el asunto.

—No puedes hacer eso.

Narciso sonrió ante su enfado. Lo siguiera o no, no iba a dejarla salir de la suite esa noche hasta averiguar lo que realmente pretendía. Recordó que, de todas las mesas posibles, ella estaba sirviendo la de Giacomo. Sintió un nudo en el estómago. No era la primera vez que su padre se la había jugado de ese modo.

Se volvió hacia ella y vio que lo seguía, pero las acuciantes preguntas que tenía que hacerle le arruinaron la satisfacción.

—¿Por qué estás aquí, Ruby? ¿Te ha enviado mi viejo?

—¿Quién? Ah, ¿el tipo con el que has estado jugado? No, no sé quién es y no le había visto en mi vida —replicó ella mirándolo sin pestañear.

—Te advierto que, como sea mentira, lo pagarás muy caro.

—Te digo que no lo conozco —ella siguió mirándolo sin vacilar.

Narciso se dio por satisfecho. Entraron en el dormitorio.

—Ya estoy aquí —dijo ella—. ¿Y ahora qué?

—Voy a ducharme. Haz lo que te apetezca, con tal de que no salgas de la habitación.

–Esto es una locura –masculló ella mientras él entraba en el cuarto de baño. Narciso sonrió y, por el rabillo del ojo, vio que ella se dirigía otra vez a contemplar la vista de la ciudad.

La ducha fría le calmó la excitación, pero no le eliminó la sensación de amargura al recordar todo lo sucedido esa noche. Pronto se le volvería a presentar la oportunidad de destruir definitivamente a su padre. A los treinta, diez años después de la peor traición de Giacomo, sus ansias de venganza seguían intactas.

Giacomo siempre lo había odiado. A Narciso, de niño, lo desconcertaba que no le gustara nada de lo que hacía. Al cumplir once años, su padre le había revelado el motivo de su odio. Al saberlo, el niño creyó estúpidamente que conseguiría que Giacomo conviviera con él en paz, aunque no lo quisiera. Sus notas eran excelentes, era tranquilo, obediente y ejemplar en todo.

Tardo un año en darse cuenta de lo inútil de sus esfuerzos y de que su única arma era una declaración de guerra.

Reprimió su dolor y se sirvió de su animadversión para alimentar su ambición de triunfar. Obtuvo becas para las mejores universidades del mundo. Su facilidad con los números hizo que a los veinte años ya fuera multimillonario.

A esa edad había conocido a Maria, el arma inesperada que su padre había utilizado en su contra.

Lanzó una maldición y cerró el grifo. Agarró una toalla y se la enrolló a la cintura.

María estaba muerta para él, pero se alegraba de que hubiera formado parte de su vida, porque reforzó en él la idea de que no debía bajar la guardia ni un instante, que el amor, aunque fuera falso, tenía un coste muy elevado.

Volvió a la habitación. Ruby estaba tumbada en la cama, pero se sentó en cuanto lo vio. Sin apenas mirarla, se dirigió al vestidor. Sus frustrados intentos de llevarla a la cama y los recuerdos que lo habían asaltado lo habían puesto de mal humor. Agarró los pantalones del pijama de seda y dejó caer la toalla.

El sonido que emitió ella hizo que volviera la cabeza para mirarla. Estaba petrificada y lo miraba con los ojos como platos.

—¿Te pasa algo? —al no obtener respuesta comenzó a girarse.

Ella cerró los ojos mientras él se ponía los pantalones.

—Ya puedes abrirlos.

Ella lo hizo, pero no lo miró.

—Por tu forma de comportarte se diría que soy el primer hombre desnudo que ves. No me interesan las vírgenes, así que, si estás fingiendo para atraer mi atención, más vale que lo dejes.

Se acercó a la cama, tiró cuatro de las seis almohadas al suelo y retiró las sábanas. Apretó los dientes al verla sentada tan rígida. La agarró, la puso en el centro de la cama y la tapó con la sábana.

—¿De verdad que vas a dormir? —preguntó ella.

—Sí, y te recomiendo que hagas lo mismo, aunque no sé si serás capaz con ese vestido tan ajustado.

—Estoy bien.

—Si tú lo dices... —se tapó y se relajó. Sabía que no podría dormir con ella al lado. Con el mando a distancia bajó la intensidad de la luz. Ella comenzó a respirar con más fuerza.

–¿Qué pasará mañana?

–Mañana hablaremos y me explicarás los motivos de que estés aquí, sin omitir ni uno. Si no lo haces, te echaré a los lobos.

Capítulo 5

RUBY se despertó con la sensación de que algo había cambiado.

–¿Me has quitado la ropa? –gritó tirando de la camiseta negra que había aparecido milagrosamente en su cuerpo.

Narciso, tumbado en la cama a su lado, asintió.

–Temí que te asfixiaras con el vestido. Y me hubiera resultado difícil explicar tu muerte. De todos modos, cooperaste mucho, lo cual indica que estabas tan incómoda como me temía.

Al menos le había dejado el sujetador y las braguitas. Pero lo importante era que no recordaba nada de lo sucedido.

–Estaba muy cansada.

–Claro.

Narciso clavó en ella la mirada. Vio que, nerviosa, movía los dedos, y ella se detuvo en el acto.

–Dime qué pasó –estaba desesperada por saberlo. Había estado dando vueltas en la cama buena parte de la noche hasta que, agotada, se había dormido antes del amanecer.

–Trataste de escaparte varias veces y te traje de vuelta a la cama.

Era hora de marcharse. Trató de moverse, pero vio que algo le retenía uno de los pies. Apartó la sábana y, horrorizada, vio que lo tenía atado.

–¡Me has vuelto a atar! ¿Eres sadomasoquista?

–Hasta anoche no me había hecho falta atar a una mujer para que se quedara conmigo.

–Qué suerte la mía. ¿Me ataste antes o después de quitarme el vestido?

–Tras tu segundo intento de escapar, te quité el vestido, te puse la camiseta y... –frunció el ceño–. ¿En serio que no recuerdas nada?

Ella apartó la vista. Él la tomó de la barbilla y la miró fijamente.

–¿De verdad que no lo recuerdas?

–No, a veces soy sonámbula.

–¿Con qué frecuencia? –preguntó él enarcando las cejas.

–Solo me sucede cuando estoy afligida.

–¿Te afligió lo sucedido anoche?

–¿Que me ataras y me hicieras prisionera? Y ahora vuelvo a estar atada.

–Ha sido por tu bien. Después de atarte, dejaste de intentar huir. Creí que te gustaba –dijo él mientra le acariciaba la barbilla y le miraba los labios.

–No me gusta el sadomasoquismo ni el sexo con playboys, ni con nadie.

–¿Cómo lo sabes? ¿Lo has hecho alguna vez?

–No, pero tampoco he saltado por un precipicio y, sin embargo, estoy segura de que no me gustaría.

–Pues yo lo he hecho. Con el equipo adecuado, se puede disfrutar de todas las experiencias.

–¿Qué haces? –preguntó ella, aterrorizada y fascinada a la vez, al ver que él inclinaba la cabeza.

–Darte los buenos días con un beso. Relájate.

Era más fácil decirlo que hacerlo cuando tenía todos los nervios de punta anticipando que los labios de él llegaran a los suyos. Por mucho que quisiera negarlo, deseaba sentir la presión de su exigente boca y la loca carrera de la sangre por sus venas.

Él gimió al profundizar en el beso. Le puso la mano en la cadera, la giró hacia él y la atrajo hacia sí. Ella gimió al sentir su cuerpo caliente aún del sueño. El hecho de que ninguno de los dos estuviera desnudo no alteró la sensación de sus cuerpos al unirse.

A ella se le endurecieron los pezones hasta dolerle al rozar el pecho de él.

Cuando él le metió la mano debajo de la camiseta y le rozó las braguitas, ella hizo un brusco movimiento ante la ola de deseo que la invadió.

Se estaba ahogando y no quería que la rescatasen.

—¡Dios mío! Eres adictiva —murmuró él contra su boca antes de volver a introducirse en ella. Su lengua se deslizó sobre la de Ruby hasta que esta fue incapaz de pensar con claridad. Cuando él comenzó a mordisquearle la mandíbula, ella se le acercó más y le acarició el pecho en un alarde de atrevimiento que la sorprendió y encantó a la vez.

Cuando le rozó el pezón con la uña, él lanzó un silbido. Perpleja ante su reacción, volvió a hacerlo.

—Ten cuidado o tendré que devolverte el favor —dijo él.

Perdida en un torbellino de deseo, ella le rozó ambos pezones a la vez.

Él la empujó para tumbarla de espaldas y le levantó la camiseta. Agarró uno de sus pezones con la boca y lo lamió y acarició con la lengua.

Ella experimentó una sensación inédita, que aumentó el deseo que ardía sobre todo entre sus muslos.

Mientras él se dedicaba al otro pezón, ella le metió los dedos en el cabello. Esa vez, él usó los dientes.

Al sentir la excitación de él contra el muslo, ella movió la pierna para frotarle la prueba evidente de su deseo. El tirón del cordón en el tobillo rompió el hechizo. La realidad de lo que estaba haciendo la golpeó con la fuerza de un obús.

–¡No! –gritó mientras lo empujaba por los hombros hasta que él levantó la cabeza. Al contemplarse los pezones enrojecidos y húmedos, se sintió consternada. Ella no era como sus padres.

–¿Qué pasa? –preguntó él con voz ronca.

–¿Que qué pasa? ¡Todo! Para empezar, apártate de mí –dijo ella empujándolo con más fuerza.

–Hace un momento gemías.

–Por suerte, he recuperado la razón. Apártate y quítame esa... esposa que me has puesto en el tobillo.

Él se separó lentamente, pero no antes de que ella volviera a sentir su excitación.

Narciso volvió a tumbarse de lado, con el codo doblado para sujetarse la cabeza con la mano. Le miró los senos. Al darse cuenta, ella se colocó bien el sujetador y se bajó la camiseta.

–No me gustan las mujeres que dan una de cal y otra de arena.

–Una mujer tiene derecho a decir que no.

–Lo respeto totalmente, pero tus palabras y tus actos no se corresponden. Me deseas casi tanto como yo a ti, por lo que he llegado a la conclusión de que se trata de un truco para darme falsas esperanzas hasta que esté tan agotado que no oponga mucha resistencia a tus exigencias.

–Vaya, veo que tienes muy mala opinión de ti mismo o muy elevada de mis habilidades sexuales.

–A diferencia de ti, no me da miedo reconocer que te deseo, lo cual casi me incita a pedirte que me digas qué es lo que quieres para que acabemos con este aperitivo y pasemos al primer plato.

–Solo quiero que me escuches. Dijiste que hablaríamos por la mañana.

Él se levantó de la cama con la gracia y agilidad de un animal salvaje.

Ella tragó saliva ante la inconfundible prueba de su excitación cuando se puso frente a ella. A él no le incomodó su demostración de hombría.

–Y eso haremos. Vamos a la cocina. La cafeína es un mal sustituto del sexo, pero tendrá que valer –observó él. Dicho lo cual, salió del dormitorio.

Ella se quedó en la cama, llena de pánico y confusión. Si le hubieran dicho que estaría en la cama de Narciso Valentino a las pocas horas de haberlo conocido, se habría muerto de risa. Pero lo que Narciso había despertado en ella la asustaba y excitaba a la vez.

Cerró los ojos con fuerza y contó hasta diez. Cuanto antes hablara con él y volviera a Nueva York, mejor.

Apartó la sábana y adoptó una postura que le permitiera desatarse el tobillo. El nudo se deshizo con sorprendente facilidad. Como la vez anterior, podía haberse liberado cuando hubiera querido.

Tener sexo estando atada era algo que nunca se le había ocurrido. Pero, en aquel momento se apoderó de su mente la idea de estar atada mientras Narciso la liberaba de sus inhibiciones.

Inflamada de deseo, se levantó de un salto. Como la camiseta le llegaba hasta las rodillas, decidió vestirse después de haber hablado con Narciso. No le apetecía embutirse en el vestido ni subirse a los tacones.

Descalza, salió de la habitación y buscó la cocina. Cuando la halló, le entraron ganas de llorar de envidia.

Estaba equipada con aparatos último modelo, y en un hueco había un botellero que iba del suelo al techo.

–¿Todo esto para dos días de estancia? –preguntó ella.

Él se sobresaltó ante sus palabras. Antes de que pudiera ocultar sus emociones, Ruby observó una gran tristeza en sus ojos, que desapareció en cuestión de segundos.

–Se adecua a mis necesidades.

–Yo mataría por tener algo así en mi restaurante.

–¿Tienes un restaurante?

–Todavía no. Estaría a punto de inaugurarlo si la NMC hubiera cumplido su compromiso.

–Ya, los pecados de imaginarios tiburones empresariales.

La cafetera se puso en marcha. Narciso apretó un botón y los granos de café comenzaron a molerse.

–No son imaginarios. Espera, lo estás haciendo mal. Al hacer calor, los granos se expanden, por lo que tiene que haber menos cantidad para extraerle el máximo de sabor. Déjame hacerlo a mí –ella aprovechó la ocasión para hacer algo útil y dejar de mirar la espalda desnuda de Narciso, en la que se veía clavando las uñas en un arrebato de deseo.

Él apoyó la cadera en la encimera y se cruzó de brazos mientras ella trataba de no mirarlo.

–¿Cómo es que sabes hacer tantas cosas?

–Es esencial en mi profesión –después de poner la cantidad adecuada de granos, apretó el botón para que se molieran.

–Estupendo, así podrás hablar mientras preparas el café. Dime todo lo que debo saber.

Ella le hizo un rápido resumen de los acontecimientos de los dos meses anteriores.

–¿Así que te presentaste a un concurso de chefs?

–Sí, he estudiado cocina, además de dirección de empresas. Y tengo un diploma en coctelería.

–¿Hay que estudiar para preparar un cóctel?

–En la actualidad, hay que estudiar hasta para lavar platos. Además, mi intención es que en mi local las personas alérgicas puedan tomarse un cóctel, por lo que debo saber lo que hago.

–¿Cuál es tu cóctel preferido?

Ella se encogió de hombros.

–Todos lo son.

–Dímelo.

Ella abrió varios armarios hasta encontrar las tazas.

–En realidad, no me gustan mucho los cócteles.

–¿No te gustan tus propias creaciones? ¿Cómo sabes, entonces, que no estás envenenando a la población?

–Porque aún nadie se ha muerto por probarlas. Y para saber si están buenas recurro a mi compañera de piso.

–Quieres que invierta... ¿cuánto te debe mi empresa?

–Doscientos mil dólares para ayudar a construir el restaurante y a hacerle publicidad.

–Muy bien. ¿Quieres que invierta doscientos mil dólares partiendo de la opinión que tiene tu compañera de piso de tu talento?

Ella sirvió el café y le dio una taza.

–¿Anoche te desprendiste de treinta millones sin pestañear y me estás acribillando a preguntas por doscientos mil?

–Lo de anoche era distinto –respondió él con frialdad.

Ella lo notó y cambió de tema.

–He ganado porque miles de personas votaron por mis tres mejores platos y cócteles.

Él la miró de arriba abajo, deteniéndose en sus senos y en sus piernas.

–¿Estás segura de que solo te han votado por eso?

–Es una estupidez que deduzcas eso –afirmó ella dejando la taza sobre la encimera porque las manos habían comenzado a temblarle. A su madre la habían ridiculizado muchas veces por usar su sexualidad para incrementar las audiencias, lo cual a Ruby la humillaba.

–¿El qué? –preguntó él sonriendo.

–Es una estupidez la deducción machista que acabas de realizar. ¿Estás insinuando que me han votado porque tengo tetas?

La sonrisa se borró de los labios de él.

–Y muy bonitas, por cierto.

–Ya, pero había otras dos concursantes femeninas.

–No me interesan las suyas.

Ella comenzó a soplar el líquido de la taza hasta que se fijó en cómo le miraba él la boca.

–¿De verdad eres tan superficial?

–Sí.

–No lo eres.

–Me ofendes.

–Te ofendes a ti mismo. Eres inteligente, o no serías multimillonario. No entiendo por qué sientes la necesidad de añadir eso a la ecuación.

–Dime, ¿por qué es machista afirmar que me gusta un cuerpo atractivo?

–Es machista cuando implica que he llegado adonde estoy haciendo alarde de él. Y estás totalmente equivocado.

–Tomo nota.

–¿Es eso una disculpa?

–Sí, me disculpo por haber hecho observaciones sobre tu cuerpo.

–Eso queda igual de mal que decir «siento que estés dolida», en vez de «siento haber herido tus sentimientos».

–No nos pongamos pedantes. Te presento mis excusas.

–Gracias.

–He tratado de hablar con Stone, pero me han dicho que está de vacaciones e ilocalizable.

–Ya, te crees que me chupo el dedo.

Él volvió a sonreír.

–Espero que no.

–Al grano, por favor.

–Stone está haciendo senderismo en el Amazonas y tardará tres semanas en volver.

–No puedo esperar otras tres semanas porque perderé todo lo que he invertido hasta ahora en el restaurante.

–¿Cuánto, exactamente?

–Simon pagaba el alquiler y yo puse mi dinero para reformar el local y comprar todo lo necesario.

–¿Quién es Simon? –preguntó él con voz dura.

–Mi exsocio.

–¿Por qué ha dejado de ser tu socio?

–No estábamos de acuerdo, así que cada uno siguió su camino.

–¿Era tu amante?

Ella vaciló.

–Casi. Nos conocimos en la universidad, pero nos dejamos de ver. Hace un año volvimos a encontrarnos en Nueva York. Le hablé del restaurante y se ofreció a ser mi socio. Intimamos, pero se olvidó de decirme que tenía una esposa embarazada. Estuve a punto de acostarme con él. Casi consiguió que fuera cómplice de su infidelidad.

–¿Cómo te enteraste?

–Nos dirigíamos a Connecticut a pasar un romántico fin de semana cuando su esposa lo llamó para decirle que estaba a punto de dar a luz. Confiaba en él y resultó que no era más que... –Ruby meneó la cabeza con enfado y se sobresaltó cuando los dedos de él tocaron los suyos. Lo miró y vio que sus ojos la contemplaban con sorprendente dulzura.

Se quedaron callados unos minutos. Cuando él hubo acabado de tomarse el café, dijo:

–Entonces, la contribución de mi cadena es para terminar el restaurante.

–Para eso y para cubrir los gastos de publicidad de los seis primeros meses.

–¿Tienes los papeles?

–Aquí no. Pero Nigel te los mostrará.

–Ahora voy a ocuparme yo, no él.

–¿Cómo dices?

–De ahora en adelante, solo tratarás conmigo.

Desconcertada ante lo repentino de su decisión, Ruby le preguntó:

–Entonces, ¿me firmarás lo que me prometió la NMC?

Él la miró con ojos brillantes.

–Al final.

–Ah, ya estamos. ¿Qué significa eso?

–Necesito pruebas de que eres tan buena como dices. No apoyo a emprendedores mediocres.

–¿Siempre resultas tan ofensivo por la mañana?

–La frustración sexual no me sienta bien.

–¿Te parece adecuado mencionar eso en una conversación de negocios?

Él la miró fijamente a los ojos.

–Me has seguido miles de kilómetros y has conseguido que te contraten aquí de modo fraudulento. ¿Qué derecho tienes a decirme lo que es adecuado y lo que no?

–No he tenido más remedio. No puedo perder todo lo que he invertido porque uno de tus empleados esté cazando orangutanes en el Amazonas.

–No hay orangutanes en el Amazonas. En Borneo, por el contrario...

–No lo he dicho en sentido literal –suspiró–. Lo esencial es que la NMC acordó ayudarme a abrir mi negocio y se ha echado atrás.

–Y yo te doy la oportunidad de enderezar las cosas.

–¿Y por cuántos aros más tendré que pasar?

–Tengo contratados a los mejores. Tiene que haber un motivo para que Stone se haya retrasado en el pago.

–Y crees que la culpa es mía. Lo único que debes hacer es revisar las imágenes del programa. Gané limpiamente.

–Ya me lo has dicho, pero me pregunto si hay algo más. Si todo es legal, ¿por qué no has contratado un abogado para que mi empresa cumpla el acuerdo?

–No tengo tanto dinero. Además, esperaba que fueras razonable.

Él se le aproximó mirándola a los ojos. Los suyos brillaban peligrosamente de deseo, pasión y la necesidad de ganar a toda costa.

Con el corazón latiéndole a toda velocidad, ella se obligó a sostenerle la mirada.

–Mentiste para acercarte a mí y lo seguiste haciendo hasta que estuvimos a solas. Como ya te has hecho una idea de cómo soy, ¿te parezco razonable?

–le preguntó él con una suavidad que no la engañó, pues bajo su encanto y sus momentos de sorprendente dulzura se escondía un magnate cruel, apodado «el brujo de Wall Street», como había visto en Internet. Si no se andaba con cuidado, se marcharía de Macao igual que había llegado: sin nada.

–Estoy dispuesta a renegociar los términos del acuerdo.

–Espero que seas generosa, teniendo en cuenta que he tenido la boca en diversas partes de tu cuerpo.

–Puedes quedarte con el treinta por ciento.

–¿De tu cuerpo?

–¿Qué dices? ¿Crees que estoy negociando con mi cuerpo? –lo miró horrorizada–. Me moriría antes de hacer algo así.

Narciso se mostró visiblemente turbado.

–Perdona –murmuró.

–Está bien.

–Dime a qué te refieres.

–Parte del trato por haber ganado el concurso era que tu empresa me ayudaría con dinero en efectivo y con la publicidad, y que yo le daría una participación del veinticinco por ciento del negocio durante los tres primeros años. Después podría comprarle dicha participación. Estoy dispuesta a subirla al treinta por ciento.

–Te propongo otra cosa. Si la aceptas, te puedes quedar con ese cinco por ciento extra.

–¿Tengo alguna alternativa?

–Siempre la hay.

–Muy bien, te escucho.

–Demuéstrame tu talento. Si eres tan buena como dices, te contrataré para que te ocupes del catering de mi próxima fiesta. Si eres mejor, te recomendaré a algunos conocidos.

–Pero ya he demostrado que soy buena al ganar el concurso.

–Entonces, esto te resultará pan comido. ¿Estás de acuerdo con mis condiciones?

Era injusto, y ella no quería dejarse avasallar. Pero, por lo que había visto, él podía destruirla con la misma facilidad con la que se había ofrecido a ayudarla. Le convenía, por tanto, aceptar sus condiciones.

Abrir el restaurante, además, indicaría definitivamente a sus padres que no estaba dispuesta a ceder a las presiones para que entrara en el negocio familiar.

–Sí, estoy de acuerdo.

Él no se movió y se quedó mirándola.

Incapaz de soportar su mirada, ella comenzó a darse la vuelta. La mirada de él descendió por sus piernas desnudas.

–Para –le ordenó él.

–¿Por qué?

–Te necesito.

–¿Cómo?

La agarró del brazo y sus dedos descendieron por el codo hasta la muñeca. A ella se le aceleró el pulso mientras le levantaba el brazo. El pitido electrónico que se produjo cuando él activó el reloj que llevaba en la muñeca suprimió su excitación.

Él comenzó a hablar por el reloj, que era inteligente. Aunque el siciliano se parecía poco a la lengua en la que ella se había criado, consiguió entender algunas palabras.

–¿No vas a volver a Nueva York?

–Aún no. Tenía planes para irme de vacaciones después de Macao.

A ella se le cayó el alma a los pies.

–Entonces, ¿tendré que esperar a que vuelvas a Nueva York para que sellemos el acuerdo?

–No, Ruby. Salgo para Belice esta noche, y tú vienes conmigo.

Verla con la boca abierta le resultó casi divertido. Si no se sintiera sexualmente frustrado, Narciso se hubiera reído de su expresión. Pero solo pensaba en poder volver a probar sus deliciosos labios.

Nunca había besado otros iguales ni había probado pezones como los de ella. De hecho, Ruby, hasta aquel momento, le estaba pareciendo única y desconcertante en todos los aspectos. Incluso lo había conmovido su confesión sobre el canalla de su exnovio.

Aunque el viaje a Belice estaba planeado para más adelante, él era muy flexible.

–¿A Belice? –preguntó ella, perpleja.

–Sí, tengo un yate anclado allí. Navegaremos por la costa y, mientras tanto, me sorprenderás con tus delicias culinarias. Pero ten en cuenta que no me daré por satisfecho con nada que no sea perfecto.

–Nunca he hecho otra cosa, pero...

–Pero ¿qué?

–Con una condición.

Él sentía su pulso bajo el pulgar. Quería dejar de acariciarle la sedosa piel, pero no podía.

–¿Cuál?

–De ahora en adelante, nuestra relación será estrictamente de negocios. La próxima vez que tengamos que hablar, preferiría hacerlo sin estar atada.

–Te garantizo que la próxima vez que te ate será porque me lo ruegues.

Ella se soltó.

–Muy bien. Cuando las ranas críen pelo.

–No sé nada sobre eso, pero las cuerdas...

–No intervendrán en nuestra relación durante el tiempo en que tenga que demostrarte mis habilidades culinarias, a menos que te lleves a una amiga al yate, en cuyo caso, lo que hagas con ella es asunto tuyo.

Narciso se enfureció al ver que ella desechaba tan despreocupadamente la evidente atracción que había entre ambos.

–Ahora no salgo con nadie, pero me parece que volveré a hacerlo muy pronto.

Dicho lo cual, salió de la cocina.

La maleta que había pedido al mayordomo que fuera a buscar se hallaba en el salón, al lado del sofá.

–¿Has traído las cosas de mi habitación? –preguntó ella, incrédula.

–Cuando tomo una decisión, no pierdo el tiempo.

–¿Y yo? No sabías qué decisión tomaría.

–Te equivocas. Quieres algo que solo yo puedo proporcionarte, y lo deseas hasta tal punto que te subiste a un avión para seguirme hasta aquí. Apuesto a que tu ambición hará que aceptes lo que te he exigido.

–Haces que parezca una mercenaria.

–Todo lo contrario. Me gustan las mujeres que dicen lo que quieren a las claras. Detesto los subterfugios y la falsa timidez.

–No te creo.

–¿Crees que me gustan los mentirosos?

–No he dicho eso.

–En cuanto a la maleta –añadió él antes de irse a dar otra ducha fría–, he hecho que te la traigan para evitarnos problemas. ¿O preferirías tener que explicar por qué has abandonado tu trabajo durante las últimas horas?

–¡Por Dios! ¿Qué van a pensar?

–Lo evidente. Pero estás conmigo, así que nadie te hará preguntas. Puedes utilizar el otro dormitorio para prepararte. Tengo una reunión para tomar un *brunch* dentro de media hora.

–¿Y quieres que vaya contigo?

–Desde luego. De ahora en adelante solo me servirás a mí.

Se sentía posesivo, lo cual era algo que no deseaba. Igual que había aprendido a no confiar, había aprendido a no sentir apego. Y ser posesivo era apegarse a algo, a alguien. Y eso era algo que él no hacía. Y sin embargo...

–¿Y después de la reunión?

–Volveremos aquí y haremos... lo que nos apetezca. Mañana, cuando vuelvan a abrir el edificio, nos marcharemos.

Capítulo 6

EL RESTO de la mañana, Ruby se dedicó a estudiar el comportamiento de los muy ricos y poderosos. La presencia de Narciso Valentino en una sala transformaba la actitud de los presentes. El corto espacio de tiempo que estuvo en la reunión y dejó a Ruby sola, esta se quedó con una sensación de vacío en el estómago que la irritó y sorprendió a la vez.

Estaba acabando de tomarse un *brioche* y un café cuando sintió la mirada de alguien clavada en ella. Alzó la cabeza y vio que el hombre que había jugado con Narciso la noche anterior la miraba con unos ojos que no presagiaban nada bueno.

–¿Le importa que me siente? –lo hizo antes de que ella pudiera impedírselo.

–En absoluto. Estamos en un país libre, creo.

–¿Dónde está mi...? ¿Dónde está su acompañante?

–En una reunión –contestó ella mirándole la muñeca–. Creía que esos relojes inteligentes indican donde está cada invitado. ¿Por qué me lo pregunta a mí?

–Era una forma de entablar conversación.

–No veo de qué podemos hablar. ¿Qué desea? –como la noche anterior, el hombre le resultaba vagamente familiar, pero, como el resto de los invitados, seguía llevando la máscara.

–Solo he venido a darle un consejo: aléjese del «brujo».

–Teniendo en cuenta que usted ganó ayer treinta millones de dólares, creí que estaría celebrando su suerte en vez de dedicarse a poner en entredicho a alguien a quien ha vencido.

–Cree que es mejor que yo, pero pronto le demostraré lo contrario.

–Muy bien, ¿eso es todo?

–Desde que tengo relación con él no me ha causado más que problemas. Por eso le pusieron ese nombre.

–¿«El brujo»?

–No, su verdadero nombre. Recuerde mi consejo cuando él le diga cómo se llama.

–Se supone que no debo saber su nombre, por lo que no entiendo lo que me dice.

–Lo entiende perfectamente, a menos que abrirse de piernas para él la haya privado de sentido común.

–¿Cómo se atreve? –Ruby se echó hacia atrás ante el odio que emanaba de aquel hombre. En ese momento sintió que unas manos se apoyaban en sus hombros.

–¿Qué pasa aquí, Ruby? –preguntó Narciso, aunque ella estaba segura de que había oído parte de la conversación. Tenía una expresión pétrea y apretaba los dientes.

–Nada. El señor ya se iba, ¿verdad?

El anciano sonrió y se levantó despacio mirando a Narciso a los ojos.

–¿Tengo que darte otra lección? –preguntó este al anciano.

–Quédate con tu dinero. Entiendo que quieras alardear delante de esta mujer, pero es una lástima que anoche te resultara tan caro.

–Mereció la pena por verte la cara. Si necesitas recordar cómo se gana, no tienes más que decírmelo.

El anciano sonrió con desprecio.

–Llegará el día en que te borraré esa expresión de superioridad para siempre.

–Pues que sea pronto. Me estoy cansando de tus promesas vacías –replicó Narciso con voz gélida.

El anciano lanzó un juramento, dio media vuelta y se marchó.

–¿Qué te ha dicho? –preguntó Narciso a Ruby, tratando de contener la ira, después de haberla levantado de la silla y girado para que lo mirara.

–Me ha hablado del verdadero significado de tu nombre. ¿Quién es?

–Ya te he dicho que nadie importante, pero quiero que no te acerques a él –afirmó Narciso mientras salían del comedor.

–Es gracioso que él me haya dicho lo mismo respecto a ti. Y tú me lo has dicho en tono amenazador.

Se montaron en el ascensor para bajar al segundo sótano.

–En efecto.

–Así que hemos pasado de las cuerdas a las amenazas.

–No me busques las cosquillas porque estoy a punto de estallar –respondió él.

–¿No ha ido bien la reunión?

–¿Por qué lo preguntas?

–Porque, aparte del enfrentamiento que acabas de tener, estás de muy mal humor. ¿Ha pasado algo?

–Nada en absoluto.

–¿Adónde vamos?

–A tomar champán en El Calabozo Azul. Después nos marcharemos de aquí.

–Creí que no podríamos hacerlo hasta que abrieran las puertas.

–Le he pedido un permiso especial a Zeus. Y llegará a tu reloj dentro de un momento. Dímelo cuando lo haga.

–¿De verdad que el dueño de esto se llama Zeus?

–Mi apodo no te resulta increíble.

–No, te sienta bien.

–¿En qué sentido? –preguntó él examinándola atentamente.

«Porque me resultas fascinante sin pretenderlo», pensó ella.

–Porque eres un genio en tu campo.

–¿Y crees que mi éxito procede de la brujería?

–No en el sentido de hacer conjuros con huesos de pollo o sacrificando cabras, sino en otro sentido.

Él le acarició la mandíbula y descendió hasta su cuello.

–¿Y lograré llevarte a la cama con mi potente magia?

–No.

–Pareces muy segura –afirmó él sonriendo.

–Lo estoy. Ya te he dicho que no mezclo el placer con los negocios.

–¿Es a causa de tu examante?

–Me parece una buena ética del trabajo.

–Entonces, ¿vas a dejar que gane él?

–La decisión es mía.

–Si tú lo dices...

Ella no pudo contestarle porque las puertas del ascensor se abrieron y entraron en una enorme caverna alumbrada por luces azules situadas en el suelo. Botellas de champán colgaban del techo.

Seis acróbatas, vestidos con prendas luminosas, se lanzaban de un extremo al otro de la cueva.

—¡Dios mío! —exclamó ella maravillada.

—Así que eso es lo que dirás cuando esté dentro de ti —afirmó él mientras le rozaba el lóbulo de la oreja con los labios.

—Eso no va a suceder.

Él sonrió y agarró dos copas de champán que, como por arte de magia, habían caído del techo en una bandeja de plata. Brindaron.

—Por la emoción del desafío.

—No tomaré parte en él.

—Demasiado tarde. Has lanzado el guante y lo he recogido. Bébete el champán.

—No bebo mucho.

—Me lo imaginaba. ¿Es otro recuerdo de tu ex?

Ella negó con la cabeza.

—No me gusta perder el control.

—¿Alguna vez te pasó algo?

—Más o menos. Me enfadé con alguien y pensé que el problema se resolvería si me emborrachaba, pero no solo no se solucionó, sino que empeoró.

—¿Con quién fue?

—Con mi padre.

—Es una lástima que los padres sean necesarios para la evolución, ¿no crees? —aunque Narciso lo dijo en tono ligero, sus ojos expresaban el mismo pesar que ella había observado en la cocina.

Ella trató de hacérselo olvidar.

—Me parece increíble que estemos en este sitio tan espectacular hablando de problemas relacionados con nuestros padres.

—Eres tú la que lo estás haciendo. Yo no tengo esa clase de problemas.

—Pero acabas de decir...

—Me he limitado a expresar una opinión sobre la

evolución. Vamos, el espectáculo está a punto de empezar.

Se dirigieron hacia el fondo de la cueva, donde había un escenario, para ver a los acróbatas.

Mientras se desarrollaba la función, ella respiró hondo y dijo:

–No importa que te niegues a reconocer que tienes problemas con tu padre. Yo lo negué durante mucho tiempo.

–¿Cómo? Te estás perdiendo el espectáculo.

Ella lo miró y vio que tenía la vista fija en el hombre que la había abordado una hora antes, que se hallaba al otro lado del escenario. En ese momento, se percató del parecido entre ambos.

–¡Por Dios! –exclamó–. ¡Es tu padre!

Él se puso rígido y le dirigió una mirada glacial.

–Es un hombre cuyo ADN comparto, nada más.

En ese momento, el espectáculo acabó y se produjeron entusiastas aplausos, a los que ella se sumó.

Eran padre e hijo, y se odiaban a muerte. Quiso preguntarle qué los había separado de aquel modo, pero se mordió la lengua. No tenía derecho a inmiscuirse en las vidas ajenas, ni ganas de remover la suya propia.

El reloj en su muñeca pitó dos veces.

–Nos vamos –dijo él.

Unos minutos después se subieron a una limusina, en la que ya habían metido las maletas de ambos, en cuya puerta los esperaba un chófer elegantemente vestido.

Cuando la puerta se cerró, Ruby estuvo tentada de abrirla y salir corriendo. Al haber aceptado marcharse con «el brujo de Wall Street» a Belice, un abismo se abría a sus pies.

–Creo que no podré... –se detuvo. ¿Qué estaba ha-

ciendo? Iba a conseguir el restaurante con el que so-
ñaba y la independencia económica definitiva de sus
padres.

–¿Has cambiado de idea? –preguntó él mientras el
coche salía del aparcamiento al sol de media tarde.

–No.

El reloj emitió varios pitidos.

–¿Qué hace?

–Borrar las pruebas de mi estancia aquí.

–¡Vaya! No serás de la CIA, ¿verdad?

–Podría serlo si lo que te gusta son los espías –sonrió con malicia y ella sintió la boca seca.

–No, gracias, aunque me gustaría saber lo que hay
que hacer para ser miembro de un club como ese.

–Te aseguro que se necesita mucho más que huesos
de pollo y sacrificios de cabras.

Ella se echó a reír sin querer. Él la imitó, y el sonido de su risa la envolvió.

–Toma –dijo ella quitándose el reloj.

–Quédatelo, es tuyo.

–¿Lo dices en serio? Pero ¿y lo que vale?

–No estaba pensando en eso al ofrecértelo. Y, si tu
intención es empeñarlo, piénsatelo dos veces.

–Me refería al valor sentimental que pueda tener
como recuerdo de tu visita al club. Y nunca vendo ni
empeño un regalo.

–Me alegra saberlo. En cuanto a mis sentimientos,
te tengo a ti, por suerte –afirmó él mientras le ponía
la mano en la rodilla.

Ella se sintió excitada y temerosa a la vez. Volvió
a ponerse el reloj y observó que se aproximaban al
puerto deportivo. El coche se detuvo y él la ayudó a
bajar.

Después de que hubieran subido a bordo de una

motora con el equipaje, el piloto salió del puerto y siguió río arriba.

–No hago más que preguntarte adónde vamos, pero tengo que volver a hacerlo.

–¿No te fías de mí? –preguntó él riéndose–. Vamos al aeropuerto, desde donde volaremos a Belice en mi jet privado.

Ella lo miró. Él ya lo estaba haciendo. El deseo había vuelto a sus ojos.

–¿Qué? –preguntó ella cuando no pudo seguir soportando su escrutinio.

–Vine aquí con un propósito, del que has hecho que me apartara. Trato de averiguar por qué.

–¿Era el de destruir a tu padre?

–Entre otras cosas.

–Pero decidiste perdonarlo en el último momento. Sabías perfectamente lo que hacías.

–¿Y qué era?

–Prolongar la excitación de la caza, retrasar la gratificación de dar el golpe mortal.

–Muy astuta.

–¿Qué otras cosas?

–¿Cómo?

–Has dicho «entre otras cosas».

La mirada de él se deslizó hasta el cuello de su vestido.

–¿Tú qué crees?

–Según lo que he leído en Internet, tienes un cociente intelectual de ciento cuarenta y ocho.

–De ciento cincuenta, más bien.

–Y eres un playboy empedernido que solo piensa en la próxima mujer con la que se acostará –añadió ella–. Es una lástima que utilices esa inteligencia para perseguir faldas.

–No toda. Un dos por ciento la reservo para hablar y andar.

Ella sonrió. La motora se detuvo en un muelle. Más allá se veían varios aviones.

El avión de Narciso tenía el mismo tono de gris que sus ojos. Él llevaba una vida lujosa y decadente, y obligaba a gente como ella a obedecer sus caprichos para reclamar lo que legítimamente les pertenecía. Ruby frunció el ceño.

–¿Qué te pasa?

–Me pides que dedique tiempo y esfuerzo para conseguir algo que es mío. No es justo.

–Sube al avión, Ruby.

–¿O?

–O lo perderás todo. No estoy dispuesto a volver a negociar y no me gusta sentirme frustrado.

Ella no se movió. Su instinto le decía que no saldría ilesa si se iba con él.

–¿Así haces tú negocios? –preguntó él–. ¿Llegas a un acuerdo, vuelves a negociarlo y luego reniegas de él?

–Claro que no. Es tu empresa la que ha incumplido el trato que tenía conmigo.

–Eso todavía tengo que comprobarlo. Cuanto antes te subas al avión, antes lo resolveremos.

Ella respiró hondo y, mientras subía la escalerilla, le preguntó:

–¿A qué te referías al decir que te sentías frustrado?

–Al sexo, Ruby. Vamos a tenerlo y será espectacular. Así que vete preparando.

Horas después, el recuerdo de aquellas desvergonzadas palabras todavía irritaba a Ruby mientras trataba de dormir, dos filas más atrás de donde Narciso estaba hablando por teleconferencia. Se maldijo por seguirlas recordando mientras daba un puñetazo a la almohada.

–Si vuelves a darle otro, estoy seguro de que te contará todos sus secretos.

Ella giró la cabeza y lo vio al lado del asiento, con la mano tendida.

–Como veo que no puedes dormir, ven conmigo.

–No, gracias.

–Como quieras –dijo él metiéndose la mano en el bolsillo–. Pero, si acabas sirviéndome una comida repugnante por no haber hecho los deberes, tú serás la única responsable.

Sus palabras tuvieron el efecto deseado, y ella lo siguió. Se sentaron y ella activó su tableta.

–Muy bien. ¿Cuál es tu comida preferida?

–La vida ofrece una riqueza inagotable. Tener preferencias es restringirla.

–Ya veo que esto no va a ser fácil –dijo ella suspirando.

–Me divierto siempre que puedo.

–¿Eres alérgico a algún alimento?

–A los cacahuetes y al aguacate.

–¿Qué te parece la cocina siciliana?

–Me resulta indiferente.

–¿En serio? La mayoría de los sicilianos sienten pasión por todo lo relacionado con su tierra.

–Probablemente porque tienen una relación apasionada con ella... –se interrumpió bruscamente.

–¿Y tú no?

–Hace mucho que no –estaba muy tenso.

–¿A causa de tu padre?

–¿Por qué tienes tanto interés?

–Creí que estábamos conversando.

–Ese es un tema del que prefiero no hablar. Y menos con personas prácticamente desconocidas.

–¿Conoces el dicho: «Haz el amor, no la guerra»?

–¿Por qué voy a elegir si puedo hacer las dos cosas: el amor contigo y la guerra a Giacomo?

–¿Durante cuánto tiempo?

–Hasta que uno de los dos muerda el polvo.

–No lo dirás en serio.

–Por supuesto que sí.

–¿Qué sucedió entre vosotros?

–Que nací.

Ella frunció el ceño y negó con la cabeza.

–No te entiendo.

Narciso se levantó y se dirigió al bar, que estaba en la parte central del avión. Sirvió dos vasos de agua mineral, le llevó uno a ella y se bebió el otro.

–Eso se debe a que tratas de descifrar un significado oculto que no existe. Nací, y Giacomo odió que yo hubiera nacido.

–¿Odia ser padre?

Narciso tardó unos segundos en contestar porque le costaba decir las palabras que llevaba sin pronunciar desde niño, cuando se las dijo llorando al ama de llaves, lo más parecido a una madre que había tenido.

–No, me odia a mí –dijo sentándose bruscamente y tratando de recuperar el control que casi había perdido desde que llegó a Macao. Vio que Ruby lo miraba llena de compasión.

–Ya basta de hablar de mí. Háblame de tu padre.

–Preferiría no hacerlo –replicó ella, poniéndose tensa.

–Hace un momento estabas dispuesta a conversar

–él la miró a los ojos, que expresaban inocencia y desafío a la vez. A ella no se le daba bien ocultar sus emociones, y en esos momentos se debatía entre el dolor y el deseo de cambiar de tema.

La súbita necesidad de ayudarla que experimentó, de compadecerla como ella había hecho con él, lo pilló desprevenido.

¿Qué le pasaba?

–Puesto que la profundidad de mis sentimientos hacia Giacomo parece sorprenderte, supongo que no sientes lo mismo por tu padre.

–No, no odio a mi padre, pero prefiero mantenerme alejada de ellos.

–¿De ellos?

–Te vas a enterar de todos modos. Mis padres son Ricardo y Paloma Trevelli.

–Lo siento, no los conozco.

–¿Cómo puede ser que seas el dueño de varias empresas de comunicación y no sepas lo que pasa en el mundo?

–Mi trabajo no implica que tenga que poner en peligro mi intimidad. Entonces, ¿tus padres son famosos?

–Por decirlo así. Son chefs muy famosos porque salen en la televisión.

–¿Y su fama no te gusta?

–No he dicho eso.

–Pero te delatan la voz, los ojos y el cuerpo. Así que los desprecias por ser famosos y ganar dinero. ¿No es eso lo que tú estás haciendo?

–¡No! Nunca me prostituiría como... –se detuvo y se mordió el labio inferior.

–¿Saben lo que piensas de ellos?

–Han elegido un estilo de vida del que prefiero no participar –afirmó ella encogiéndose de hombros.

–Ambos sabemos que no es tan sencillo.

El rostro de ella se oscureció y comenzó a temblarle la barbilla. Él, sin pensárselo dos veces, le cubrió la mano con la suya. Ella tragó saliva y agarró de nuevo la tableta.

–¿A cuántos invitados tendré que dar de comer?

–¿Volvemos a hablar de negocios?

–Sí, creo que es más seguro.

–Si tú lo dices... ¿Crees que puedes organizar una cena para personas VIP?

–Tengo tanta confianza en mi talento que, si te digo que sí, lo haré.

–Me excitan las mujeres seguras de sí mismas.

–Si tú lo dices... –afirmó ella fulminándolo con la mirada–. ¿Algún invitado de honor al que deba prestar especial atención?

–Vladimir Rudenko. Estoy a punto de cerrar un trato con él.

Ella estaba apuntándolo en la tableta cuando sonó un aviso de llegada de un correo electrónico. Ella se puso pálida.

–¿Qué es eso?

–Nada.

–No me mientas –intentó agarrar la tableta, pero ella se lo impidió.

–Es privado, ¿de acuerdo?

–Algo privado que te altera.

–Sí, pero es problema mío.

Antes de que él pudiera seguirle haciendo preguntas, ella se puso en pie de un salto.

–Me dijiste que podía usar el dormitorio. Acabaré allí mis notas y trataré de dormir un poco, si te parece bien.

No le parecía bien; nada se lo parecía desde que la

había conocido. Pero no tuvo más remedio que dejar que se fuera.

–Tardaremos seis horas en aterrizar. Te despertaré cuando lleguemos.

–Gracias.

La vio alejarse con su corto vestido negro ciñéndole el cuerpo de forma tan deliciosa que se le endureció la entrepierna. La idea de ella tumbada en la cama comenzó a acosarlo. Pero esas imágenes pronto fueron sustituidas por otras más perturbadoras, y sus pensamientos tomaron otro camino al recordar aquello de lo que habían estado hablando previamente.

Su padre.

Había estado a punto de revelarle a Ruby su dolor. Incluso había considerado la posibilidad de hablarle de Maria, el instrumento del que se había servido su padre para demostrarle lo mucho que lo detestaba.

El ordenador portátil lanzó un pitido para indicar que acababa de llegar un correo. Tras mirar la puerta del dormitorio, Narciso frunció los labios. Dedicaría las seis horas siguientes a trabajar, porque, cuando llegaran a Belice, se dedicaría a descifrar el enigma que constituía Ruby y los motivos de que estuviera loco por ella.

Capítulo 7

ESTABA cómoda y caliente. El ruido de los motores del avión la calmaba y la hacía sentirse a salvo de los sueños erráticos que poblaban su mente.

Pero quería sentirse aún más caliente, sumergirse en la sólida fuerza que la rodeaba.

El corazón que latía bajo su mejilla...

Se despertó sobresaltada.

—Tranquila, o te harás daño.

—¿Qué demonios...? ¿Qué haces aquí?

—Compartir la cama. Como ves, he conseguido reprimirme de nuevo. Y, esta vez, los dos estamos vestidos.

—¿Cómo te has metido en la cama sin que te lo haya pedido?

—Técnicamente, es mi cama. Además, cuando he venido a ver cómo estabas, murmurabas en sueños y no dejabas de dar vueltas. Tenía que asegurarme que, presa de tanta agitación, no salieras, sonámbula, por una salida de emergencia.

Ruby trató de alejarse de su cálido cuerpo, pero el brazo de él, que la rodeaba por la cintura, se lo impidió.

—No estaba agitada.

—Claro que lo estabas. Dime qué te preocupa.

Ella quiso contarle que había recibido una amenaza

innegable por correo electrónico. El usurero había dado un paso más y la amenazaba con romperle una pierna a su madre si no le pagaba lo que le debía. A diferencia de Narciso, el usurero sí sabía quién era Paloma Trevelli.

Ruby había conseguido que le concediera unos días más para pagarle, pero no pensaba contar nada de todo aquello a Narciso.

—Ya te he dicho que es asunto mío.

—No lo es si acaba por interferir en tu capacidad para llevar a cabo tu trabajo.

—Puedo cocinar con los ojos vendados.

—Pues te pagaría muy bien por verlo.

La atrajo más hacia sí y apoyó con más fuerza el muslo entre los de ella. Estaba atrapada. Mientras dormía, Ruby le había puesto la mano en el pecho y el calor que transmitían sus músculos le hacía cosquillas en los dedos.

Él la besó en la sien.

—Si no faltara menos de media hora para aterrizar, utilizaría otros medios para saber qué te pasa.

—Y supones que te lo permitiría.

Él se echó a reír.

—El del correo no era tu padre, ¿verdad?

—No.

—Mientras dormías, me he informado de quiénes son tus padres. ¿Siempre ha sido así tu vida con ellos?

—¿Un circo alocado? Lo fue hasta que me marché a la universidad. Después no volví a casa y ahora apenas me relaciono con ellos. Es desagradable.

—¿Para quién?

—Para todos. Mi padre comete adulterio sin parar y no entiende por qué no apruebo su comportamiento. Mi madre no entiende por qué no lo perdono cada vez que la engaña. Ambos desean que me una al negocio familiar, el mismo en el que explotan de forma desvergonzada a su familia, a sus amigos, su fama...

—Te odias por sentir lo que sientes —dijo él acariciándole la mejilla.

Ella intentó de nuevo separarse, pero él la sujetó con más fuerza.

—Ruby, creo que coincidirás conmigo en que cuando pasamos la noche juntos en mi cama fuimos más allá de lo que es una relación meramente profesional, así que puedes contármelo.

—Odio que mi familia esté rota y que no vea otro modo de solucionarlo que el de obligarme a vivir en un circo mediático.

—Y, sin embargo, has elegido el mismo camino para abrir tu negocio.

—No fue mi primera opción.

—Entonces, ¿por qué lo elegiste?

—Tratamos de que algún banco nos concediera un préstamo, sin resultado. Simón se enteró de lo del concurso y me convenció para que participara. Dedicarle tres semanas me pareció un sacrificio aceptable.

—¿Así que volviste a lo que más odias para conseguir tu objetivo?

—Soy ridícula.

—No, eres valiente.

El inesperado cumplido le aceleró el corazón. Narciso la miró a los ojos con tanta intensidad que ella se removió, por lo que su cuerpo se frotó peligrosamente con el de él.

Narciso gruñó como un león y la apretó aún más por la cintura. Con la otra mano le agarró la pierna doblada y la subió más entre las suyas hasta ponerla en contacto con su erección.

–¿Así que no te parece mal que uno haga lo imposible para que sus sueños se hagan realidad?

–No. De hecho, es un rasgo que admiro profundamente –respondió él.

A ella se le hizo un nudo en la garganta ante su sinceridad. La barrera que había interpuesto entre ambos amenazaba con derrumbarse. Ya era malo de por sí que Narciso se mostrara conciso y burlón, pero que fuera amable y tierno, que sus ojos solo expresaran admiración y elogio, era incluso más peligroso para sus frágiles emociones.

Tratando de recuperarse, se echó a reír.

–¿Estaré soñando? Ya van dos cumplidos en menos de...

–¡Basta! –exclamo él. Y luego la besó.

Una oleada de deseo recorrió el cuerpo de Ruby mientras él le exploraba la boca con una habilidad que la mareaba.

Cuando Narciso volvió a tumbarse y la colocó encima de él, ella no protestó. Las fuertes manos masculinas se deslizaron por sus muslos desnudos hasta llegar a las nalgas y la apretaron contra la contundente prueba de su deseo.

Ruby sintió un deseo desconocido entre las piernas. Desesperada por satisfacerlo balanceó las caderas.

Él gimió mientras seguían besándose y se alzó a su encuentro con una embestida que hizo que a ella se le desbocara el pulso.

Con el centro de su feminidad húmedo y pegado a él, Ruby gimió mientras un cosquilleo le recorría la columna vertebral. Él la sujetó por las caderas y comenzaron a moverse al unísono.

La primera oleada de sensaciones la pilló despre-

venida. Gritó al tiempo que agarraba a Narciso del cabello para intentar recuperar el equilibrio perdido.

–Sigue, cariño, sigue –dijo él.

Esas palabras, susurradas al oído, fueron el catali-
zador final. Con un gemido entrecortado, Ruby se entregó a la dicha que la inundaba. Se derritió encima de
él y se recostó sobre su cuerpo. Él le acarició la espalda hasta que dejó de estremecerse.

–No sé si estar contento por haberte hecho llegar
estando los dos vestidos o darte un azote por que hayas
tardado tan poco.

Al darse cuenta de lo que había hecho, la euforia
de Ruby disminuyó.

Sintió el corazón de él latir aceleradamente bajo la
mejilla, así como la fuerza de su erección.

Había llegado al orgasmo sobre Narciso sin siquiera
desnudarse.

–¡Por Dios! –exclamó.

Él estaba inmóvil. Tenía que estarlo porque, si no,
le rasgaría la ropa y la tomaría con la fuerza de un
toro.

–Dios no va a ayudarte ahora, Ruby. Tienes que di-
rigirte a mí.

–Esto no debiera haber sucedido.

–Estoy de acuerdo.

–¿En serio? –preguntó ella con los ojos muy abiertos.

–Debiera haber sucedido conmigo dentro de ti. Me
siento en desventaja –incapaz de contenerse, volvió a
acariciarle la espalda. Se puso tenso al oír que a ella le
cambiaba la respiración. De nuevo, el aire se volvió
espeso de deseo. Él dio media vuelta sobre sí mismo sin
soltarla, de modo que ella quedara debajo–. Pero
ahora estás atrapada.

Ella se retorció para escapar, pero lo único que consiguió fue exacerbar el deseo que los consumía.

–No, no puedo. No podemos hacerlo.

–¿Por qué no?

–Porque no acabará bien. Simón...

Él entrecerró los ojos a modo de advertencia.

–Era un embustero que no te merecía. Pero lo nuestro es distinto. Nos merecemos el uno al otro.

Le acarició el pelo y le deslizó los labios por la mandíbula y el cuello. Le bajó las mangas para dejarle al descubierto los senos y comenzó a lamerle un pezón.

Ella le arañó la nuca mientras él gemía para demostrarle lo mucho que le gustaba. Cuando pasó al otro pezón, los gemidos de ella incrementaron su incontenible excitación.

Ella le tiró de la camisa y él, riendo, la ayudó a que se la sacara por la cabeza y le quitó el vestido. Contempló su cuerpo durante unos segundos.

–Eres muy hermosa –le acarició el torso y el estómago hasta llegar al borde de las braguitas.

Volvió a sentirse posesivo. No quería saber con quién más había estado ella, pero, en ese momento, se alegró de que su exsocio no la hubiera hecho suya.

La besó en la boca mientras la acariciaba por encima de la braguitas buscando el centro. Ella contuvo la respiración cuando sus dedos llegaron a la zona húmeda y sensible. Cerró los ojos y se retorció.

–Abre los ojos –le ordenó él. Quería, necesitaba vérselos para estar seguro de que la poseía la misma locura que a él–. Si no lo haces, pararé.

Ella los abrió lentamente. La excitación que Narciso contempló en ellos hizo que contuviera el aliento. La conexión electrizante tensó su cuerpo hasta el límite.

¿Qué demonios sucedía?

Ella se estremeció. Él le introdujo un dedo. Ella gritó y volvió a estremecerse.

—Estás muy tensa —esperó unos segundos y le introdujo otro dedo.

Su mueca de dolor lo pilló desprevenido.

—¿Qué te pasa?

Ella, nerviosa, se pasó la lengua por los labios.

—Soy... soy virgen.

Él se quedó petrificado durante unos segundos. Había estado a punto de poseerla, de reclamar algo a lo que no tenía derecho.

—Eres virgen —repitió como atontado.

—Sí.

Fue entonces cuando las piezas del rompecabezas ocuparon su lugar: la inocencia de ella, su rebeldía, su nerviosismo...

¿Se merecían el uno al otro, como había dicho? Ya no.

—Entonces, querida, esto se ha acabado —afirmó él mientras se levantaba de la cama con pesar.

Ruby salió del cuarto de baño de su camarote y miró alrededor. El yate con helipuerto la había dejado con la boca abierta cuando lo había visto, dos días antes, pero su interior era aún más lujoso. Su camarote con cama de matrimonio, jacuzzi y carísimos productos cosméticos era el último grito en cuestión de lujo. Pero toda aquella opulencia no había eliminado la sensación de vacío que experimentaba.

Desde la llegada a Belice, apenas había visto a Narciso.

Al principio, la consideración con la que la había tratado tras confesarle que era virgen había sorprendido a Ruby. ¿Quién hubiera pensado que se trataba de un playboy para el que una virgen era sagrada?

Pero, después, había visto en sus ojos pesar y dolor, por lo que su sorpresa se había convertido en confusión.

Seguía confusa en aquel momento, mientras se quitaba la toalla. Se quedó inmóvil al ver en el borde de la cama una maleta que no le pertenecía. La abrió. Incrédula, observó que estaba llena de pareos, biquinis y zapatos y sandalias de diseño.

Se puso los vaqueros y la camiseta con los que había volado hasta Macao y fue a buscar a Narciso.

Estaba en la segunda cubierta, vestido con un polo y unos pantalones cortos. Ruby tragó saliva al verle las piernas desnudas, pero se dijo que su físico deslumbrante no volvería a afectarla. Estaba allí para trabajar. La intimidad que habían compartido en el avión había desaparecido; había sido una aberración que no hubiera debido producirse.

–¿Me has comprado ropa?

Cuando él se volvió a mirarla, sus ojos ya no la devoraron, sino que la contemplaron con la frialdad de un desconocido.

–El tamaño de tu maleta indicaba que la habías hecho para una estancia corta. Comprarte ropa ha sido la solución, a no ser que pienses ponerte esos vaqueros durante toda la semana.

Era verdad que, con el calor que hacía, eran totalmente inadecuados. Y, para cocinar, prefería ropa amplia y cómoda.

–Podía haberla ido a comprar yo.

–Estás aquí para trabajar. Dejarte tiempo para ir a

comprar no figura en mi horario laboral. No pasa nada, Ruby. Quiero ver cómo preparas esa comida de tres platos. Michel te ayudará si lo necesitas. Me gustaría cenar a las siete, así que te quedan dos horas.

Al entrar en la cocina, Michel, el chef de Narciso, la recibió con una sonrisa.

–¿Qué tienes pensado para la cena de hoy?

–Quiere cenar a las siete, así que haremos de primero una *bruschetta* y, de segundo, pollo a la parmesana. Vamos a ver si tenemos los ingredientes.

–¿Quieres que te ayude?

–Creo que es mejor que lo haga yo sola.

–Pega un grito si me necesitas –contestó Michel encogiéndose de hombros.

Ruby se puso a trabajar tras escoger los ingredientes. La sensación de tranquilidad y alegría que le proporcionaba cocinar alivió la inquietud que llevaba experimentando desde dos días antes.

Cuando hubo acabado, colocó el primer plato en una bandeja de plata y subió adonde la tripulación había puesto la mesa. Se detuvo al ver que estaba puesta para dos y que habían encendido velas.

–¿Vas a quedarte toda la noche ahí? –le preguntó Narciso.

–Creí que solo tenía que cocinar para ti.

–Pues te equivocaste –se acercó a la mesa y retiró una silla–. Esta noche cenamos juntos –le miró los vaqueros–. En cuanto te cambies.

–No necesito cambiarme.

–Una regla, a la hora de negociar, es dejar pasar los detalles sin importancia. Aferrarte a tus principios y enfrentarte a un posible socio no causa muy buena impresión. Además, preferiría que la persona con la que voy a cenar no tuviera la ropa manchada de comida.

Ruby vio que tenía una mancha de aceite en la camiseta.

Él se había tomado la molestia de comprarle ropa nueva. ¿Qué mal había en agradecérselo? Al cabo de unos días estaría de vuelta en Nueva York, probablemente con un contrato. Y Narciso le había dejado claro que había dejado de atraerlo sexualmente, así que, en ese sentido, no tenía nada que temer.

–Voy a cambiarme.

Volvió al camarote, se desnudó rápidamente y eligió un vestido veraniego, de color naranja claro, que le llegaba a la altura de la rodilla. Se puso unas sandalias, se recogió el pelo y volvió a cubierta.

–Siéntate y dime qué nos has preparado –le pidió él.

Ella se lo explicó y él tomó un trozo de *bruschetta*.

–Está buena –observó, y tomó otro trozo–. Me gusta. La pimienta le da chispa.

–¿De verdad? –preguntó ella llena de orgullo ante el elogio.

–Siempre digo lo que pienso, Ruby.

–Muy bien. Dentro de diez minutos tengo que ir a ver cómo va el pollo.

–Nos da tiempo a tomar una copa.

Ella se levantó para ir al bar, pero se quedó inmóvil.

–¿Ya no estamos anclados? –las brillantes luces del puerto deportivo habían desaparecido y el sol se ponía por detrás de este.

–No, navegamos por la costa. Mañana llegaremos al Blue Hole. ¿Haces submarinismo?

–Lo hacía.

–Estupendo. Entonces, vendrás conmigo.

–¿Me lo pides o me lo ordenas?

Llevaba dos días sin prestarle atención. El hecho de que quisiera volver a estar con ella la puso nerviosa.

–Te lo pido.

Ruby no quería estar con él porque la hacía perder el control. Le bastaba con mirarlo a los ojos para sentir que se derretía. No podía ceder a la atracción que sentía por él.

Se había equivocado al compararlo con Simon o con su padre. A pesar de que parecía un playboy, su posible socio poseía una integridad de la que carecían los hombres que hasta entonces había conocido.

Su posible socio... Ahí estaba el problema. Su relación sería de negocios, por lo que no podría haber entre ellos nada personal.

Sumida en sus pensamientos, había preparado un cóctel sin prestar mucha atención a lo que hacía. Se quedó horrorizada al ver cuál era.

–¿Qué cóctel es? –preguntó él.

–Se llama Afrodisíaco –respondió ella, colorada como un tomate.

–¿Pretendes transmitirme un mensaje?

–Solo es un nombre.

–He aprendido que nada es lo que parece –tomó un sorbo–. Pero ahora que lo he probado, estoy dispuesto a cambiar de idea.

–Narciso –dijo ella, pronunciando su nombre por primera vez–. Me tienes que explicar qué ha pasado estos dos últimos días. No te pedí que me sedujeras en el avión. Te pedí que me dejaras en paz porque sabía que no... Me habías dicho que no te gustaban las mujeres que dan una de cal y otra de arena, pero eso es exactamente lo que tú estás haciendo.

–¿Has terminado? –preguntó él. Su rostro era totalmente inexpresivo.

–Pues no. Gracias por la ropa. Si no te lo he agradecido antes, es porque sé que nada es gratis en esta vida.

–De nada –replicó él con frialdad–. ¿Puedo responder a tu diatriba?

–No, tengo que ir a ver cómo va el pollo. No quiero que se queme.

Él la agarró de la muñeca.

–¡Suéltame!

–No te estoy dando una de cal y otra de arena.

–Llevas dos días evitándome.

–Intento que no cometamos un error.

Ella se asustó al darse cuenta de que quería cometerlo. El instinto de conservación la llevó a alzar la barbilla.

–Pues no tenías que haberte molestado porque, en realidad, me hiciste un favor en el avión: me recordaste que no eres mi tipo.

–¿Y cómo lo sabes teniendo en cuenta tu falta de experiencia?

–No la necesito para saber que no me interesan los playboys.

–Pues no lo parecía cuando alcanzaste el clímax sobre mí y después comenzaste a retorcerte –afirmó él al tiempo que le soltaba la mano.

–Puede que quisiera saber cómo era aquello. Da igual. Hiciste que volviera a centrarme en el motivo de mi estancia aquí. Y ahora, perdona, pero tengo que ir a la cocina.

Narciso la vio marchar lleno de furia. Era mucho mejor evitarla, a pesar de que, encerrado en su estudio, se subiera por las paredes. Lo desconcertaba su forma de reaccionar ante ella. Llevaba dos días tratando de convencerse de dejar de perseguir a una mujer que besaba de forma seductora, pero cuya inocencia apelaba directamente a su conciencia.

Los dos días transcurridos le habían demostrado el talento de Ruby en la cocina y tras la barra del bar. En su despacho había visto el programa en el que había ganado el concurso. Su admiración por ella había aumentado al ver que odiaba ser el centro de la atención, pero que se había obligado a serlo para poder tomar las riendas de su vida.

Ella volvió con una cacerola y les sirvió a ambos. Él probó el pollo.

—¿Le preparabas esto a Simon?

—¿No te gusta?

—No he dicho eso. ¿Se lo preparabas a él? —estaba celoso de compartirla con otro.

Ella negó con la cabeza.

—¿Te gusta?

—Mucho —agarró la botella de Chablis para servirle una copa a ella.

—No, gracias.

—No debes tener miedo a beber en mi presencia.

—Ya lo sé, pero prefiero tener la cabeza despejada.

—Beber solo no es divertido —afirmó él dejando la botella de vino y tomando la de agua–. Aún no hemos hablado del vino. Cuando acabemos de cenar, sube a la cubierta superior. Y ponte un bañador. Aunque el sol se haya puesto, vas a asarte con ese vestido.

Después de cenar, él subió a la cubierta superior y ella lo siguió cinco minutos después.

El cuerpo que se adivinaba bajo el pareo era espectacular. Narciso quiso vérselo entero, a pesar de los límites que se había impuesto. Además, ver no era tocar.

–Quítate el pareo. No lo necesitas aquí.

Ella lo hizo, se sentó y cruzó las piernas.

–¿No íbamos a hablar de vinos?

Él asintió, aunque había perdido todo el interés por el tema. Se forzó a apartar la vista de su cuerpo y miró la luna, que estaba saliendo.

–O, si lo prefieres, me vuelvo al camarote y seguimos tratándonos como dos desconocidos.

–No, Ruby, podemos tener una conversación civilizada.

–Muy bien, en primer lugar, quería preguntarte por tu nombre.

–¿No te gusta? –inquirió él sonriendo.

–Es distinto.

–Fue idea de Giacomo, pero me sienta bien, ¿no te parece? –a pesar del tono alegre, sintió una dolorosa opresión en el pecho y se dio cuenta de que ella lo había percibido.

–¿Y nunca has pensado en cambiártelo?

–Solo es un nombre.

–Y realmente no te molesta.

–Antes me molestaba, pero ha dejado de hacerlo.

–Lo siento –dijo ella mirándolo con compasión.

Él trató de responder, pero no le salían las palabras, a causa de la emoción. Se miraron y se produjo entre ellos el reconocimiento de que ambos tenían un pasado doloroso.

–¿Y el correo electrónico que recibiste en el avión? –preguntó él.

–Antes de que te hable de él, prométeme que no influirá en el resultado de la prueba que me estás haciendo.

–Lo siento, pero, en cuestión de negocios, no hago promesas a ciegas.

–Simon ha vendido su parte del negocio a un tipo que no está de acuerdo con mi plan.

–¿Te está amenazando un usurero? –preguntó él, sobresaltado.

–Sí.

–¿Y no pensabas decírmelo?

–¿Me hubieras creído?

–Tal vez no, al principio, pero... ¿Cómo se llama?

–No lo sé, se ha negado a decírmelo. Solo quiere su dinero.

–¿Así que yo poseo el veinticinco por ciento del restaurante y un usurero cuyo nombre no conoces otro veinticinco por ciento?

–Sí.

–Supongo que te das cuenta de que nuestro acuerdo se ha convertido en algo más que entregarte un cheque por haber ganado un concurso, de que es poco probable que, después de extendértelo, no vuelva a saber nada de ti –se negó a analizar por qué la idea le gustaba tanto.

Capítulo 8

NO RECUERDO la última vez que tomé el sol.

–Ya lo veo.

Ruby fulminó con la mirada a Narciso. Él trató de calmarse. Nadie lo había obligado a invitarla a bucear con él después de pasarse otra noche en vela luchando contra la frustración sexual.

–¿Y cómo lo sabes?

–Porque tienes la piel tan blanca que parece traslúcida. Toma –le lanzó el protector solar.

–Gracias.

Se hallaban sentados en las mismas tumbonas que la noche anterior.

–¿Dónde aprendiste a bucear? –preguntó él para distraerse y no mirar cómo se aplicaba crema en una pierna.

–Pasé varios veranos trabajando en un hotel de Florida cuando aún estaba en la escuela. Trabajaba en la cocina y buceaba en mi tiempo libre.

–¿Siempre supiste que querías ser chef?

–Sabía que tenía el talento de mis padres, pero me resistí durante mucho tiempo.

–He visto las imágenes del concurso. No se te da bien estar delante de una cámara, por lo que puedes demostrar a tus padres que están perdiendo el tiempo tratando de que trabajes con ellos.

–Lo seguirán intentando.

–Entonces, diles que tienes un nuevo socio y que es muy exigente.

–Prefiero no hacerlo.

–¿Quieres mantenerme en secreto?

–Más o menos. Y tú, ¿siempre has sabido que querías ser brujo?

–Desde que gané mi primer millón, a los dieciocho años –respondió él sonriendo.

–Supongo que las mujeres te habrán perseguido.

Él se encogió de hombros, reacio a hablar de pasadas conquistas.

–El dinero simplemente me ha proporcionado las armas necesarias...

–¿Para enfrentarte a tu padre?

–Sí, para enfrentarme a Giacomo.

–¿Por qué siempre te refieres a él por su nombre de pila?

–Porque nunca ha sido un padre para mí –replicó él suspirando.

–¿Tu madre vive?

–Mi pobre madre fue la causa de todo –afirmó él con pesar.

–¿A qué te refieres?

–Murió al dar a luz. Yo tenía tantas ganas de venir al mundo que hice que se desangrara en la acera antes de que pudiera llegar una ambulancia.

–¿No creerás que fue culpa tuya?

–Es lo que Giacomo cree.

Narciso pensó que Ruby era la primera mujer con la que conversaba de verdad. Sus conversaciones con el género femenino se limitaban al dormitorio. Pero puesto que, en el caso de Ruby, el sexo no iba a intervenir, le pareció que hablar era lo mejor que podía hacer con ella.

–Estáis enfrentados porque cree que causaste la muerte de tu madre.

–Puede que empezara siendo así, pero nuestra relación se ha transformado en algo difícil de definir –darse cuenta lo sorprendió. Había querido destruir a su padre, pero ese deseo había desaparecido. Ni siquiera le interesaba ya jugar con él.

–¿Y qué vas a hacer?

¿Cortar todos los vínculos con él? La sola idea le retorció las entrañas.

–Ya basta de hablar de mí. Tienes un talento excepcional, por lo que te contrato para que prepares la cena de la fiesta que voy a dar.

Ella sonrió y él tuvo que contenerse para no acariciarle la mejilla.

–Gracias –dejó la crema de protección solar y le preguntó–: ¿Quieres tomar algo?

–Otro cóctel, no.

–Tengo algo perfecto para ti –se dirigió a la nevera que había detrás de la barra del bar y volvió con una cerveza.

–¿Tú no tomas nada? –preguntó él mientras la abría y daba un trago–. El agua que estás tomando se debe de haber calentado. Le pasó la botella de cerveza. Sus miradas se cruzaron. La atracción que había entre ambos amenazaba con descontrolarse, pero él no sabía qué hacer para frenarla–. Toma.

Ella la agarró, dio un corto trago y se la devolvió.

–Así que la cerveza es la excepción a tu regla de no beber.

–Una cerveza no hace daño.

–¿No temes perder el control conmigo?

–Hemos quedado en que sería un error que hubiera algo entre nosotros.

–Puede que haya dejado de ser cierto –afirmó él antes de dar otro trago.

–¿Por qué?

La mirada de él se deslizó por su cuerpo. Le resultaba tan tentador que no era extraño que fuera incapaz de pensar con claridad.

–No te preocupes, me controlaré.

–Me alegro, porque no sé si yo seré capaz –le espetó ella.

–¿Qué has dicho?

–Haces que roce el límite de mi capacidad de control. Después de Simón...

–Yo no soy él.

–Lo sé muy bien. Y aunque no dejo de repetirme que es un error, no consigo dejar de desearte.

Él la miró con los ojos como platos ante la sinceridad de sus palabras.

–¿Te das cuenta del poder que me confieres al decírmelo?

–Sí, pero espero que no abuses de él.

–Ven aquí –dijo él dejando la botella.

–¿No te acabo de decir que no abuses?

–Ven aquí y veremos si abuso o no.

Ruby se le acercó lentamente. Él le puso las manos en la cintura.

–¿Qué es lo que quieres, Ruby?

Ella lo miró a la cara y su instinto de supervivencia se evaporó. No conocía a otro hombre como él. Aunque su nombre indicara egocentrismo, distaba mucho de ser así. Podía haberla denunciado a Zeus al descubrir por qué estaba en Macao o haberla echado a la calle tras saber que su cadena de televisión le debía dinero. Se había contenido para no seguir seduciéndola, le había reglado ropa y resultaba ser una agradable compañía. No hacía honor a su nombre en absoluto.

—Aunque parezca una locura, lo que más deseo en este momento es besarte.

—¡Caramba! —exclamó él. Parecía tenso, desarmado, como si se hubiera quedado sin suelo bajo los pies.

Ruby se dijo que debería correr a refugiarse en su camarote, pero, en lugar de ello, le tomó el rostro entre las manos, se inclinó hacia él y lo besó. Él la agarró de los brazos gruñendo de deseo, se recostó en la tumbona y la atrajo hacia sí al tiempo que la abrazaba con fuerza.

Ella percibió sobre su vientre la prueba indiscutible de su deseo, lo cual la llenó de una energía desconocida. Le introdujo la lengua en la boca y él gimió de placer.

Sujetándole el rostro para hacer el beso más profundo, Narciso le hizo el amor con la boca, lamiéndole los labios a lengüetazos que reverberaban en el centro de su feminidad. Ella le acarició el musculoso torso. Cuando sus dedos tropezaron con uno de los pezones, lo arañaron como ella sabía que le gustaba. Él se separó de ella y la miró.

—Cariño, esto va a acabar mal si no dejas de hacerme eso.

Ella lo hizo de nuevo, descaradamente. Y antes de que pudiera ceder al deseo de probar el pezón, él la subió más hacia su cara. Le desató el sujetador del biquini y agarró uno de sus senos con la boca.

Ruby movió las caderas contra su endurecida masculinidad, que se endureció aún más. Cuando él reaccionó mordiéndola, Ruby pasó del gemido al grito.

Lo deseaba más de lo que había deseado nada en el mundo. Por primera vez, entendió lo que llevaba a dos personas, como sus padres, a estar juntas a pesar de no estar hechos el uno para el otro.

–Narciso, por favor...

Él le agarró las nalgas con una mano y tiró del biquini. La presión sobre el inflamado clítoris de Ruby intensificó su placer. Él tiró de la tela con más fuerza. Y ella deseó más, mucho más. Tuvo la sensación de que iba a estallar. Le metió las manos en el cabello y le mordió la mandíbula.

Él lanzó un juramento y se quedó inmóvil. Ella lo miró con los ojos llenos deseo.

–¿Qué...?

–Antes de que pasemos a mayores, quiero estar seguro de que eso es lo que quieres.

Ella se miró, vio que estaba prácticamente desnuda... Instintivamente trató de cubrirse.

–¿Qué me pasa, por Dios?

–No te pasa nada –dijo él mientras la agarraba para que se detuviera–. Eres un ser sensual, con necesidades como...

–¿Mi padre?

Él le tomó el rostro entre las manos con suavidad.

–¿No te das cuenta de que, si fueras como tu padre, no seguirías siendo virgen?

–Pero... yo... –los ojos se le llenaron de lágrimas.

–Basta de excusas. Hace mucho tiempo que dejaste de ser una marioneta en sus manos, pero se te ha olvidado cortar los hilos. A veces nos dedicamos en exceso a mirar por el retrovisor, en vez de mirar hacia delante.

–¿Qué ves por el retrovisor?

–Demasiadas cosas –respondió él en tono tan angustiado que a ella le desgarró el corazón. Comenzó a inclinarse hacia él, pero Narciso la detuvo.

–¿No quieres que te bese?

Él lanzó un suspiro y apartó la mirada.

De pronto, ella se dio cuenta de lo que le sucedía.

–En el avión, no quisiste que hiciéramos el amor porque crees que no te lo mereces, que no vales nada. ¿Por qué? ¿Porque era lo que te decía tu padre?

–Calla, Ruby –ella le acarició la mejilla–. Soy un hombre que desea lo que no debería. Por favor, apártate de mí antes de que haga algo que los dos lamentemos.

A ella volvieron a llenársele los ojos de lágrimas. Retiró las manos del rostro masculino y se levantó con dificultad, ya que las piernas se negaban a sostenerla. Agarró la parte superior del biquini y, sin hacer caso del silencioso escrutinio de él, se lo ató como pudo y se ajustó el pareo.

–Me quedan algunas cosas que hacer en la cocina antes de acostarme. Buenas noches.

Él se levantó lentamente de la tumbona. Ella observó que apretaba los puños.

–Se me han reavivado demasiados demonios para pasar una noche tranquila, pero, de todos modos, deseo que lo sea para ti.

«Se me han reavivado demasiados demonios...».

Horas después, Ruby estaba en la cama. Se sentía muy culpable por haber presionado a Narciso para que recordara el pasado y reabriera antiguas heridas a fin de conocer su verdadera personalidad, para asegurarse de que no le haría daño ni la traicionaría.

Se sentía avergonzada de haberlo sometido a una prueba cuando, ya desde que él se había separado de ella en el avión, sabía que no era como su padre ni como Simon.

Se levantó preguntándose si realmente lo habría presionado demasiado, si de verdad estaría despierto. Llamó a la puerta de su camarote antes de tener tiempo de echarse atrás. Él abrió inmediatamente. Solo llevaba puestos los pantalones del pijama.

–¿Qué demonios haces aquí, Ruby? –le espetó.

–Quería comprobar que estabas bien y disculparme por lo que ha sucedido antes. No tenía ningún derecho a presionarte como lo he hecho.

Él la miró con los ojos entrecerrados antes de darse la vuelta y agarrar un vaso de whisky del que dio un sorbo. Ella se le acercó sin pensarlo y agarró a su vez el vaso para impedirle que siguiera bebiendo.

Narciso retrocedió, pero tropezó con la cama y se dejó caer en ella. Ruby le quitó el vaso y lo dejó en la mesilla de noche.

–Bebiendo no vas a solucionar nada. Te lo digo por experiencia.

Él se aferró a las sábanas con fuerza, como si tratara de evitar tocarla y soltó con fuerza el aire de los pulmones.

Ella, sin parar a hacerse preguntas, le acarició los brazos.

–¿Qué haces? –preguntó él con voz ronca, llena de deseo.

–Creo que se llama seducción, pero no estoy segura, ya que no lo he hecho nunca.

Se inclinó más hacia él, que gimió cuando sus endurecidos pezones le rozaron el pecho.

–¿Por qué haces esto ahora?

Ella le puso un dedo en los labios.

–Porque me estoy volviendo loca y porque no quiero vivir con miedo. Así que, aquí me tienes, venciendo el miedo.

Él lanzó una maldición y negó con la cabeza. Ella, al darse cuenta de que la iba a rechazar, lo empujó sobre la cama y lo besó en la boca. Él gimió y aceptó el beso. Animada ante su reacción, ella se sentó a horcajadas sobre él.

Inmediatamente la ya potente excitación masculina aumentó de grosor y longitud y halló cobijo entre los muslos femeninos. Antes de perder la cabeza del todo, Ruby desató los cordones de las cortinas que colgaban de los pilares de la cama y le ató las manos.

Él apartó la boca y la miró con incredulidad.

–¿Te has vuelto loca? Suéltame –le ordenó tirando de los cordones.

Ella, envalentonada, se quitó la camiseta.

–Ruby... –gruñó él a modo de advertencia.

Ella vaciló, pero al mirarlo a los ojos vio en ellos deseo, ira y un punto de admiración y vulnerabilidad.

–Te desataría, pero me asusta tu mirada. ¿Quién me dice que no me devorarás si lo hago?

–No lo haré.

–Mentiroso.

–¿Tantas ganas tienes de perder la virginidad?

–No, eso me da igual. Lo que de verdad deseo es hacer el amor contigo.

–¿Por qué?

–¿Tiene que haber un motivo? ¿No te basta la química que hay entre nosotros? Yo estaba perfectamente antes de que me tocaras. Has sido tú quien ha despertado este deseo en mí. Y ahora, por un principio estúpido, me niegas lo que quiero, lo que los dos queremos. Pues no te dejaré hacerlo.

–Yo tampoco te dejaré. Así, no. Si me deseas, desátame.

Ella se limitó a besarlo y a deleitarse con sus labios. Un ronco suspiro salió del pecho masculino.

–Suéltame, Ruby.

Ella repitió lo que él le había dicho en Macao.

–Ya lo he hecho.

Él se miró las manos. Una décima de segundo después, rodó sobre sí mismo y ella quedó debajo de su cuerpo. Le arrancó las braguitas y se quitó el pijama mientras contemplaba, posesivo, el húmedo sexo de Ruby.

–Lo siento, te he mentido.

–¿En qué?

–En que no iba a devorarte.

Sus labios ardientes descendieron por su torso hasta el ombligo, en el que trazó círculos con la lengua. Después la mordió justo debajo. Ella se estremeció. Él le puso la mano en el estómago mientras con la otra le separaba las piernas. Ver cómo la miraba fue la experiencia más erótica que Ruby había tenido hasta ese momento.

Narciso le tomó una pierna y se la dobló por la rodilla. Después, ardientes besos le recorrieron la parte interna del muslo. Ella comenzó a jadear. Él siguió mordisqueándola y después la besó con la boca abierta. Ella deseó tenerla en el centro de sus muslos.

Pero él fue despacio. Le besó el otro muslo mientras le abría cada vez más las piernas y no dejaba de mirarle el sexo encendido. Ella se preguntó cómo no se moría de vergüenza, pero se sentía de maravilla, a mucha distancia de lo que se había temido que sentiría al probar el sexo. Reprimió las lágrimas y gritó de placer mientras Narciso, para hacer honor a su palabra, la devoraba con labios, lengua y dientes.

Cuando pensaba que iba a estallar, él alzó la cabeza.

–Había pensado que, la primera vez que te poseyera, te torturaría de placer durante horas –afirmó mientras abría el cajón de la mesilla y sacaba un preservativo–. Pero no puedo esperar más.

–No quiero que lo hagas.

–No te prometo que vaya a ser suave. Tal vez te duela.

–Estoy preparada –afirmó ella al tiempo que ponía la mano sobre la que él tenía en su estómago.

Él se inclino hacía atrás y ella lo vio de verdad por primera vez. Su erección era potente y orgullosa.

Narciso se puso el preservativo y la miró con inquietud.

–¿Estás segura?

–Comienzo a dudar –dijo ella al pensar que él pronto estaría en su interior.

–Te prometo que iré al ritmo que me pidas.

Él se arrastró lentamente hacia ella y volvió a besarla. Su erección palpitaba contra el muslo de ella. La seguridad que Ruby sentía comenzó a abandonarla.

–¿Qué hago?

Él miró hacia abajo, hacia la húmeda entrada de su cuerpo.

–Ábrete lo más posible para mí.

Ella, expectante, lo hizo.

–¿Y ahora?

–Ahora, respira, porque no nos vamos a divertir si te desmayas. Eso es, ahora mírame a los ojos y no te muevas.

Con la primera embestida, ella experimentó una sensación indescriptible de la cabeza a los pies.

–¡Oh! Más –pidió sintiendo que su deseo aumentaba.

Él cerró los ojos y empujó con más fuerza al tiempo que controlaba la reacción femenina. Ella alzó las caderas para ir a su encuentro.

–No hagas eso.

–Me gusta –afirmo ella mientras volvía a retorcerse. Entonces, chilló de dolor.

–Te he dicho que no te movieras –Narciso tenía los labios pálidos de la tensión y la frente bañada en sudor.

Comenzó a retirarse, pero el dolor estaba cediendo, por lo que ella se agarró a su cintura con las piernas.

–No –ella le puso la mano en la nuca para que no se moviera. Alzó las caderas y él se deslizó más profundamente en su interior y ella gritó de placer.

–Hazme el amor, Narciso –rogó ella–. Por favor.

Lanzando un gemido, él unió su cuerpo completamente al de ella. Un placer ardiente recorrió la columna de Ruby mientras él la embestía con un ritmo que la volvía loca. No tardó en dejar de respirar de nuevo, al acercarse a un precipicio desconocido que le hacía seductoras señas.

Pegado a su boca, Narciso le murmuraba palabras apasionadas en siciliano. Sus labios descendieron por la garganta de ella hasta llegar a sus pezones, uno de los cuales se introdujo en la boca para comenzar a lamerlo al mismo ritmo que la embestía, lo cual añadió una nueva dimensión a las sensaciones que recorrían a Ruby.

Él le puso la mano debajo del muslo para abrirla aún más mientras ella comenzaba a hacerse pedazos.

Narciso levantó la cabeza del pecho de Ruby y la miró a los ojos. La conexión apasionada, profunda y directa fue el toque final.

Ella comenzó a tener contracciones que la llenaron de un júbilo indescriptible y la hicieron lanzar un grito desde lo más profundo de su interior.

Perdida en aquella vorágine de éxtasis, oyó que él gemía profundamente antes de que largos escalofríos se apoderaran de su cuerpo. Tocó la frente de ella con la suya antes de apoyar la cabeza en la curva de su hombro. Ruby sintió su respiración jadeante en el cuello y su corazón latiendo al unísono con el de ella.

En ese momento, tuvo una sensación de intimidad que nunca había experimentado con otro ser humano. Abrazó con fuerza a Narciso. De haber sido por ella, se hubiera quedado allí toda la vida, pero él se movió y se tumbó de costado a su lado.

—No quiero aplastarte.

—No te preocupes, soy más fuerte de lo que parezco.

—Ya me he dado cuenta. ¿Dónde aprendiste a hacer esos nudos?

—Atando pollos y pavos para asar.

—Me siento halagado —dijo él haciendo una mueca.

—No temas, no voy confundirte con un pollo.

Él soltó una carcajada. Ella apoyó la barbilla en su pecho y le dio las gracias.

—¿Por qué?

—Por hacer que la primera vez haya sido memorable.

—En cierto modo, también para mí ha sido la primera vez.

A pesar de las preguntas que se le agolpaban en la cabeza, Ruby no dijo nada. Se quedaron callados unos minutos, al cabo de los cuales ella se movió, pero él la retuvo.

—Mañana hablaremos como es debido.

—Sí –afirmó ella.

—Muy bien. Ahora voy a enseñarte mi nudo preferido.

Capítulo 9

Ciao.

La voz de Narciso sacó a Ruby de su languidez. Abrió los ojos y lo vio de pie junto a la tumbona con el teléfono móvil en la mano. El sol de la mañana brillaba en la cubierta privada del camarote y Ruby se retorció bajo su mirada escrutadora.

–*Ciao*. Me parece increíble que hayas podido convencerme de que tome el sol desnuda.

–No del todo –dijo él mirándole la braguita del bikini.

–¿Has tenido suerte en la llamada? –preguntó ella cambiando rápidamente de tema.

–Sí, pero siempre la tengo cuando negocio.

–Mira que eres modesto, aunque supongo que ganar un millón de dólares a los dieciocho se le sube a uno a la cabeza.

–Al contrario, pensaba con absoluta claridad y tenía un único objetivo en mente.

–¿Hace tanto que estás enfrentado a tu padre?

Él se tumbó en la tumbona que había al lado de la de ella y dejó el teléfono en la mesa.

–Hubo un tiempo en que pensé en la posibilidad de reconciliarnos.

–¿Y qué pasó?

–Me había licenciado en Harvard el año anterior y decidí pasar un tiempo en Sicilia, donde estaba Giacomo. Sabía que no podría echarme de la casa en que él vivía porque era de mi madre, y yo la había heredado al cumplir los dieciocho. Esperaba que estar bajo el mismo techo por primera vez en cinco años cambiara nuestra perspectiva.

–¿Y no fue así?

–No. Nos enfrentamos con más dureza que nunca.

–Si odiaba que estuvieras allí, con él, ¿por qué no se fue?

–Porque eso hubiera sido concederme la victoria. Además, le encantaba recordarme que yo había matado a mi madre en la acera de casa.

–¿Qué le pasó?

–Sufrió un desprendimiento de placenta tres meses antes de salir de cuentas. Volvía a casa después de haber dado un paseo. Cuando consiguió llegar arrastrándose a casa y pedir ayuda, ya había perdido mucha sangre. El médico dijo que solo podía salvar a uno de los dos. Giacomo le pidió que salvara a mi madre, pero ella murió y yo sobreviví.

Ruby le cubrió la mano con la suya y él se la agarró.

–¿Cómo puede haber alguien que crea que algo tan trágico fue culpa tuya?

–Giacomo lo creía. Y tuvo razón al pedirle al médico que salvara a mi madre.

–¿Por qué lo dices?

–Porque sabía en lo que me convertiría.

–¿En un hombre de negocios con éxito que dona millones de dólares al año para la investigación de problemas perinatales, entre otras cosas?

–¿Cómo lo sabes? –preguntó él, sorprendido.

–Lo leí cuando busqué información sobre ti en Internet.

–Donar dinero es una buena forma de desgravar, así que no quieras ver lo que no hay.

–Creo que hemos llegado a un punto en que ya no puedes convencerme de que eres una mala persona, Narciso.

Él se quedó callado durante tanto tiempo que Ruby creyó que no quería seguir con aquella conversación. Por fin, él suspiró y dijo:

–Es lo que piensa Giacomo.

–¿No será porque tratas de perpetuar esa imagen?

–Tal vez, pero es una imagen de la que me estoy empezando a cansar. Y puede que haya llegado el momento de cambiar nuestra relación.

–¿Y si no lo conseguís?

–Ya sabes que me adapto muy bien –Narciso se levantó de repente y tiró de ella–. Es hora de ducharse.

Ella esperó hasta que estuvieron desnudos en el dormitorio antes de volver a hablar.

–Siento mucho lo que te pasa con tu padre.

–No lo sientas. Por eso fui a Macao. Y allí llegaste a mí –dijo él. Luego la tomó en brazos y entró con ella en el cuarto de baño, donde abrió el grifo del agua caliente y la depositó debajo de él.

La temperatura perfecta del agua hizo que ella se relajara y dejara de pensar en todas las preguntas sobre Narciso que se le agolpaban en la mente. Al enterarse de cómo había sido su infancia, entendió por qué se había encerrado en sí mismo y supo que la imagen de playboy que proyectaba era un mecanismo de defensa y que su relación con Giacomo significaba para él mucho más de lo que quería reconocer.

–No trates de entenderme, Ruby –le advirtió él como si le hubiera leído el pensamiento–. Puede que no te guste lo que descubras.

–¿A qué te refieres? –ella lo miró y vio la angustia reflejada en sus ojos–. ¿No debería ser yo quien lo juzgara?

–Esta conversación se ha terminado –afirmó él mientras dirigía la alcachofa de la ducha al centro de sus muslos–. Ahora, ábrete para mí.

A pesar de sus palabras, Narciso le lavó todo el cuerpo con movimientos suaves hasta que se arrodilló frente a ella y la enjabonó entre los muslos. A ella se le llenaron los ojos de lágrimas.

Quiso tocarlo como él la había tocado, pero él le detuvo la mano mientras dejaba la alcachofa en su sitio. Al lado de los geles y lociones había una caja de preservativos, de donde sacó uno.

La agarró por la cintura, la puso de espaldas a él y le colocó las manos más arriba de la cabeza.

–Esta es la única conversación que estoy dispuesto a mantener. ¿Estás preparada?

Su excitación le presionaba las nalgas. Recordando el placer que había sentido antes, Ruby asintió. Él la penetró lentamente dejándole tiempo para que se adaptara a él. Los gemidos de placer de ambos se mezclaron mientras el vapor de agua los envolvía.

Narciso dejó que el placer arrastrara, aunque fuera temporalmente, los recuerdos del pasado, aunque se negó a reconocer que el tacto, la ternura y las palabras de ella le ayudarían a aliviar el dolor. Ella gritó mientras sus músculos se apretaban en torno a él.

Era una mujer increíble. Y estaba loco por ella. Pero recuperaría el control, porque no podía seguir revelándole cosas, por mucho que aliviara el dolor de su corazón.

Pero, de momento, se olvidaría de todo. Agarró a

Ruby por la cintura, echó la cabeza hacia detrás y dejó que el deseo rugiera por todo su cuerpo.

Ella se despertó. La habitación estaba oscura y la cama fría. Supo que la ausencia de Narciso se debía a que lamentaba haberle revelado tanto de su pasado porque ella se sentía igual de vulnerable.

Se levantó, se puso la camiseta e hizo una pelota con las braguitas rasgadas que escondió en el puño cerrado. Después, fue a su camarote, donde se duchó y se puso unos pantalones cortos y una camiseta sin mangas. Al salir, un camarero le indicó que el señor Valentino la esperaba para desayunar en la cubierta de la primera planta.

Cuando llegó, la mesa ya estaba puesta y el desayuno servido, pero ella solo se fijó en Narciso, que estaba escribiendo en la tableta.

—Buenos días.

—¿Has descansado? —preguntó él alzando la vista—. Siéntate.

Ella lo hizo. Al ver lo que había para desayunar, le preguntó:

—¿Me has preparado huevos a la benedictina?

—No he sido yo. No sé hacerlo.

Pero había recordado que era su desayuno preferido.

—Gracias.

—No creas lo que no es, Ruby —le advirtió él al tiempo que cerraba la tableta y se ponía la servilleta en el regazo.

—No dejas de decirme eso. Pero no evitas hacer determinadas cosas. Tal vez estés descubriendo tu lado humano.

–Sí –afirmó él sonriendo burlón–. Soy un malvado reformado.

–Pues creo que puedes hacer cualquier cosa que te propongas.

–¿Me estás queriendo decir algo?

–No... Bueno, tal vez. Esta es la primera conversación después de anoche, así que puede que todavía no piense con claridad.

–No te infravalores –dijo él mirándola con ojos emocionados–. Eres una de las personas más inteligentes que conozco. Y esto es difícil también para mí –bajó la vista y prosiguió–: Creo que los dos sabemos que estamos locos el uno por el otro y que debemos decidir qué hacer. No dejo de pensar en todo lo que te conté anoche.

–No te obligué a hacerlo, Narciso.

–Eso es lo más sorprendente. Quiero que pasemos el día entero juntos y que me digas todo lo que se te pase por la cabeza.

–¿Quieres servirte de mí para evitar pensar? Eso no es sano.

–Lo sé –afirmó él con un rictus de dolor–. Pero quiero pasar por ello con la esperanza de salir ileso.

–¿Y si no lo haces?

–Tendremos que encontrar otra solución.

Seis horas después, Narciso se preguntó si había perdido el juicio. Aunque ya lo sabía todo sobre Ruby, quería saber más. Hasta entonces, su interés por una mujer se había reducido a conocer sus restaurantes preferidos y lo que le gustaba en la cama. El hecho de que quisiera conocer todo lo que Ruby pensaba le daba miedo.

Estaba perdiendo el control. Todas las emociones que había tratado de sepultar desde aquel verano en Sicilia amenazaban con salir a la superficie y engullirlo. Apretó los dientes y vio emerger a Ruby del mar turquesa. Se dirigió hacia donde él se hallaba. Narciso sintió la boca seca al contemplar su cuerpo ágil y lleno de curvas. Cuando ella se tumbó a su lado en la playa desierta a la que habían llegado nadando sintió renacer su deseo de ella. ¡Por Dios! ¿Con la cantidad de sexo que tenían, ¿cómo podía seguir deseándola?

–¿Te pasa algo? –preguntó ella.

–¿Por qué lo preguntas?

–Porque me has ganado nadando desde el yate y no estás pavoneándote. Y no me estás haciendo más preguntas.

–Creo que ya he tenido suficiente por hoy.

–Muy bien.

Él notó que le había dolido. Abrió la cesta de provisiones que había dejado allí la tripulación y sacó una botella de champán. Sirvió una copa y se la dio a Ruby.

–¿Qué celebramos?

–El final de las vacaciones. Mañana volvemos a Nueva York.

Ruby lo miró con los ojos como platos, pero él estaba aún más sorprendido que ella. El plan era quedarse una semana, pero no conseguía librarse de la inquietud que lo poseía y necesitaba mirar las cosas desde otra perspectiva antes de que fuera demasiado tarde. Cuando volviera a su rutina de Nueva York, todo recobraría su sentido.

–Me has pedido que te dijera lo que pensaba durante las últimas seis horas. Creo que ahora me toca a mí –dijo ella.

Él pensó en negarse para evitarle el caos mental que había en su cabeza, pero no lo hizo.

–Estoy pensando en que librarme de ti no me causa satisfacción alguna.

–¡Vaya! Ya veo que sabes hacer que una mujer se sienta especial.

–No me gustan las palabras dulces.

–Ahórrame el machismo, por favor. Sabes ser tierno. ¿Qué pasa, Narciso? ¿Por qué te has enfadado conmigo de repente?

Él la miró a los ojos, empañados de lágrimas, y todos sus pensamientos se evaporaron, salvo uno.

–Me resulta muy difícil la idea de que vayas a tener otro amante. Después de haberte estrechado entre mis brazos, me estalla la cabeza si pienso que puedas estar con otro.

–¿Has dicho de verdad lo que has dicho? –preguntó ella mirándolo boquiabierta.

–Sí, –afirmó él riéndose.

–¿Y estoy en lo cierto al creer que es la primera vez que se lo dices a una mujer?

–Es la primera vez que siento eso con una mujer –apuntó él. Se tomó de un trago el resto de la copa y se levantó tras hacer una seña a la tripulación que los esperaba en una lancha.

–Es hora de irse.

No cruzaron una palabra en la lancha. Cuando él la ayudó a subir a la cubierta del yate se obligó a soltarla, a que sus manos no se demorasen en su piel. No podía ceder al hechizo que amenazaba con dejarlo sin voluntad.

–Tengo que trabajar. Nos vemos luego –dijo, y se marchó con un nudo en el estómago.

Ruby lo contempló mientras se alejaba. Se había abierto un abismo a sus pies, cuando media hora antes todo era placer, todo era perfecto: el sol, el mar y un acompañante espectacularmente guapo que se reía de sus chistes e insistía en saber lo que pensaba.

No se lo había dicho todo, por supuesto. Por ejemplo, no le había contado que, cada vez que la tocaba, le parecía que los ángeles se ponían a cantar. Hubiera pensado que estaba loca. Tampoco le había dicho que se moría de ganas de volver a hacer el amor con él.

Ya no era el enigmático Narciso de tres días antes, sino uno nuevo que reconocía su vulnerabilidad para después no prestarle atención.

Ella se agarró a la barandilla para no salir corriendo tras él. Había que darle tiempo. Ella también lo necesitaba para ordenar el caos emocional que había en su interior.

Fue a su camarote, se duchó, se puso un vestido largo y se dirigió al bar. Trabajar la distraería.

Estaba preparando un cóctel cuando se le acercó un miembro de la tripulación.

–¿Le traigo algo de comer?

–No, pero ¿ha visto mi teléfono? No lo encuentro por ningún sitio.

–Sí, un compañero lo encontró ayer y se lo entregó al señor Valentino.

–Gracias –murmuró ella.

¿Narciso tenía su teléfono? Se secó las manos y se dirigió a su despacho. Llamó a la puerta y entró.

–¿Pasa algo? –preguntó él frunciendo el ceño.

–Nada, con tal de que me expliques por qué tienes mi teléfono.

–¿Esperas una llamada?

–No se trata de eso –Ruby cerró la puerta y se acercó al escritorio–. Lo tienes desde ayer. ¿Por qué no me lo has devuelto?

–Se me habrá olvidado –afirmó él encogiéndose de hombros.

Ella dudó que fuera cierto. Se acercó más y vio las fotos y los papeles que había en el escritorio. La fecha del más cercano a ella era de aquella misma mañana. Se quedó petrificada.

–¿Esto es lo que tenías que hacer?

–No. Aunque no te lo creas, iba a romperlo todo, pero ha pasado algo.

Ella miró las fotos. En casi todas aparecía Giacomo. En una de ellas, en la que Narciso acababa de dejar sobre el escritorio, su padre cenaba con una deslumbrante mujer de veintitantos años.

–¿Es eso lo que ha pasado? –preguntó ella.

–No quiero seguir hablando de esto.

–¿Qué ha sido del hombre que iba a tratar de buscar otra manera de obrar que no fuera destruir y aniquilar?

–Eso significa lo mismo.

–¿Cómo?

–Destruir y aniquilar significan lo mismo.

–¿En serio? ¿Eso es lo único que se te ocurre decir?

–Ya te he dicho que se me da muy bien adaptarme. Así que, ¿por qué te sorprende que me adapte a la situación en que me encuentro? Además, no tienes derecho a inmiscuirte en esto –señaló el escritorio con un gesto de la mano.

–Entonces, ¿por qué me lo contaste?

Él vaciló durante unos instantes. La vulnerabilidad de su mirada hizo que ella contuviera el aliento.

–Fue un error de juicio por mi parte.

–No te creo.

El rostro de él adoptó una expresión inescrutable.

–Me da igual que me creas o no. Lo único que me importa, y lo único que debería importarte, es si cumplirás el trato que tenemos. Puedo encontrar rápidamente alguien que te sustituya cuando volvamos a Nueva York.

–Por supuesto, pero creo que sabes que no encontrarás la intimidad que buscas ocultándote tras el odio y la venganza.

–Cuando te pedí que me contaras todo lo que pensabas, no sabía que eras una psicóloga de pacotilla; en caso contrario, no lo hubiera hecho.

A Ruby le dolió mucho que denigrara las horas perfectas que habían pasado juntos.

–Te dejo con tus maquinaciones –se marchó a toda prisa mientras se secaba las estúpidas lágrimas que le nublaban la vista.

Si Narciso quería enterrarse en el pasado, que lo hiciera.

Capítulo 10

HAY una receta que deseo probar. ¿Me ayudas? –preguntó Michel a Ruby.

Ambos se pusieron a la tarea. En el momento en que él le daba a probar la salsa de la receta en una cuchara y ella, después de probarla, sonreía extasiada, se oyó la voz de Narciso.

–Ruby.

Ella se dio la vuelta. Estaba en la puerta de la cocina y su rostro no presagiaba nada bueno.

–Vete –dijo Narciso a Michel.

El chef salió, sorprendido por la brusquedad de su jefe. Este cerró la puerta de un portazo y echó el pestillo, lo cual puso muy nerviosa a Ruby, incapaz de moverse mientras él se le aproximaba, lleno de fría furia.

–Tenía la intención de explicarme mejor e incluso de pedirte disculpas por lo que te dije en el despacho.

–Te escucho.

–Pero ahora no voy a disculparme –agarró una cuchara y probó la salsa de la cacerola que cocía al fuego–. No está nada mal. ¿Qué es?

–Pensé que la reconocerías. Se llama salsa «canalla», especial para hombres como tú.

–Me encanta mirarte a los labios cuando pronuncias la palabra «canalla» –los ojos le brillaban de furia–. Así que dila otra vez.

Ruby sabía que tenía que salir de allí, pero también que todo intento de escapar sería inútil.

–Tendrás que rogármelo.

–Te voy a decir una cosa, Ruby. Te encanta llevarme al límite porque sabes que, así, acabaré besándote.

–Te equivocas.

–Entonces, ¿por qué te pasas la lengua por los labios de ese modo? Anticipar lo que podría hacerte te está volviendo loca de desesperación.

–Tu elevada opinión de ti mismo resulta ridícula.

–Demuéstrame que me equivoco.

–No pienso seguirte el juego.

–¿Tienes miedo?

–No, no me interesa.

–No es un juego, Ruby –cuando acercó las manos para desatarle el nudo del vestido, ella lo rechazó.

–Para. ¿Qué te pasa?

–Entro en la cocina, te encuentro flirteando con otro hombre, ¿y me preguntas qué me pasa?

–¿Estás celoso?

Narciso pareció desinflarse frente a ella.

–Sí, estoy celoso. ¿Estás contenta?

Quería decirle que sí, porque el hecho de que estuviera celoso indicaba que ella le importaba.

–¿A qué has venido, Narciso?

–Ya te lo he dicho, a pedirte disculpas por haberte herido.

–Gracias.

–No me lo agradezcas. Lo que siento... lo que me haces sentir... no sé qué hacer con ello.

–Al menos reconoces lo que sientes. ¿A qué venía lo que ha pasado en el despacho?

–La mujer que viste en la foto es Maria, la nieta de

Paolina, mi ama de llaves. La conocí hace diez años. Vino de visita de Palermo. Paolina la trajo a casa y comenzamos a salir. La convencí de que se quedara todo el verano. Creí que estaba... encaprichado de ella. Era joven e ingenuo y respeté su deseo de «mirar pero no tocar», hasta que me enteré de que estaba con mi padre.

–¿Se acostaba con él? –preguntó Ruby, sorprendida.

–No solo se acostaba con él, sino que Giacomo la había convencido para hacer un vídeo sexual que él me obligó a ver el último día de mi estancia en Sicilia.

–¿Cómo que te obligó?

–Dos de sus guardaespaldas me sujetaron mientras él me pasaba el vídeo en una enorme pantalla con excelente sonido. Fue una experiencia muy cinematográfica.

–¡Qué vileza!

–Así es Giacomo.

–¿Qué hace con ella ahora en Nueva York?

–No lo sé. La razón de haber abierto el archivo que tengo sobre mi padre era la de decirle al investigador que dejara el caso.

–Pero ahora crees que trama algo.

–Ella está sin blanca, lo que significa que es un peón perfecto para Giacomo.

La idea de la doble traición llenó de pesar y compasión a Ruby.

–Siento haberte hablado como lo hice. No sabía lo que había pasado.

Con una mirada furiosa y angustiada a la vez, él le abrió el vestido y le deslizó los dedos por el vientre hasta llegar a sus muslos e introducirse entre ellos antes de que ella pudiera reaccionar.

Su grito de asombro se transformó en un gemido de deseo cuando él le acarició el clítoris con el pulgar.

–¡Narciso!

–¿Cómo puedo desearte de este modo si hace una semana no te conocía?

–No lo sé –dijo ella abrazándolo–. No olvides que yo también debería odiar esto, que debería odiarte.

Él la besó el lóbulo de la oreja.

–Pero entonces te estarías aferrando a la imagen de hombre ideal que tienes en la cabeza y negarías que nuestras peleas te humedecen de forma irresistible. Te excito, conmigo te sientes más viva que nunca. Te hago desear todo lo que te has negado. Lo sé porque es lo que tú me haces sentir. Cierra los ojos, Ruby.

–No –contestó ella cuando ya los estaba cerrando a causa del deseo que la invadía.

–¿Quieres que pare? –susurró él.

–Narciso... –gimió ella.

–Dime que pare y lo haré.

–Eres injusto.

–No lo soy –afirmó él riéndose. Sus dedos se movieron con más rapidez, provocando chispas de placer en ella que pronto se transformaron en llamas.

La besó con fuerza y, después, le mordisqueó la comisura de los labios mientras ella se derrumbaba en sus brazos. Con la mano libre, le acarició la espalda mientras ella flotaba. Le volvió a besar el lóbulo de la oreja, siguió por la mandíbula hasta llegar a la garganta, y luego deshizo el camino.

–Siento haberte hecho daño, Ruby, pero no siento hacer que te sientas así.

La Nueva York que había dejado unos días antes para ir a Macao era la misma, pero a Ruby le pareció que la veía por primera vez. De camino al ático de

Narciso, las vistas y los sonidos le parecieron más vibrantes. Se debía a que lo veía con otros ojos, los de una mujer que había conocido la pasión y la intensidad emocional.

Había dormido la mayor parte del vuelo de cuatro horas desde Belice, de lo que estaba contenta, ya que así había conseguido que Narciso no se diera cuenta de su confusión.

El intenso encuentro que habían tenido en la cocina del yate había sido esclarecedor. Él se había marchado rápidamente después de proporcionarle un delicioso placer, dejándola saciada y llorosa. Ella se había quedado en la cocina, agarrada al fregadero y resistiéndose a correr tras él.

Para huir de sus pensamientos, consultó los mensajes que tenía en el teléfono móvil. Tres procedían del mismo número y había uno cuyo número no reconoció.

Contestó a Annie, que le preguntaba cuándo volvería, y rechazó su invitación a salir por la noche cuando lo hiciera. Aún no estaba preparada para ver a nadie, mucho menos a su perspicaz compañera de piso.

El segundo mensaje era de su madre, que quería hablar con ella. Lo escuchó por segunda vez, muy tensa, a pesar de la aparente inocuidad del mensaje: una madre preguntando por su hija.

—¿Qué te pasa? —le preguntó Narciso.

—Nada.

—Ruby...

Ella lo miró y se le encogió el corazón.

—No me mires así.

—¿Cómo?

—Como si yo te importara.

—Me importas.

–¿Cómo voy a importarte? ¿No recuerdas que me dijiste que no había nada bajo la superficie?

Probablemente estuviera reaccionando de forma exagerada, pero la idea de que su madre tratara de hablar con ella porque, muy posiblemente, su padre tuviera otra aventura la había llenado de ira y desesperación. Pero, a diferencia de otras veces, se había dado cuenta de lo dura que había sido al juzgar a su madre. Creyéndose moralmente superior, le había resultado sencillo creer que algo era blanco o negro. Pero después de experimentar lo fácil que resultaba perder el control ante el carisma y el magnetismo de un hombre, ¿cómo iba a juzgar a su madre?

Era cierto que esta no había abandonado a su padre porque le encantaba la fama que suponía formar parte de una pareja tan conocida, aunque Ruby sabía que su madre podía triunfar por sí sola.

Narciso la agarró de la mano. Ella lo miró a los ojos.

–Ya sé lo que dije, pero, de todos modos, quiero saber qué pasa.

–Mi madre me ha dejado un mensaje pidiéndome que la llame –le explicó ella, conmovida por su preocupación.

–¿Y eso te causa problemas?

–Sí. Normalmente me manda un correo electrónico. Solo me llama cuando sucede algo malo.

–¿Como qué?

–Como que mi padre se esté acostando con una ayudante de cocina, una camarera o un miembro del equipo de rodaje.

Él soltó un juramento.

–¿Y te llama para desahogarse?

–Y para presionarme para que participe en su programa. Parece que cree que mi presencia evitará que a mi padre se le vayan los ojos tras otra mujer.

–Ya no pareces enfadada por ello –afirmó él sin dejar de mirarla.

Era así. Él había conseguido que mirara a su madre desde otro ángulo y hacerlo sin amargura. Sintió el calor de su mano ofreciéndole un consuelo que solo era temporal.

–He llegado a aceptar que a veces tomamos decisiones con la esperanza de que todo salga bien. Tenemos fe y defendemos lo que hemos decidido. Mi madre vive con la esperanza de que las cosas cambien, y no puedo odiarla por eso.

–Es una postura acomodaticia –apuntó él con inquietud.

–¿Acomodaticia? En absoluto. Tal vez sea que estoy exhausta o que por primera vez me he puesto en el lugar de otra persona y juzgo las cosas desde su punto de vista.

–¿Y tu padre?

–No puedo perdonar a un hombre que juega con mis... con los sentimientos de una mujer, que se aprovecha de su vulnerabilidad para usarla en su contra.

Ruby supo que sus palabras habían hecho mella en él por la dura mirada que le lanzó.

–Si te refieres a lo que sucedió en la cocina...

–No me refiero a eso. Creo que lo mejor es que olvidemos lo que pasó, ¿no te parece?

«Creo que es mejor que olvidemos...».

Narciso no sabía por qué seguía dando vueltas a esas palabras mientras llegaban al aparcamiento subterráneo de su casa y subían en el ascensor. A su lado, Ruby estaba tensa y no lo miraba.

Había esperado que ella protestara cuando le pidió que se quedara en su casa hasta que se celebrara la cena que iba a dar a sus invitados, pero ella accedió de inmediato. La idea de que no estuviera dispuesta a discutir con él aumentó su ansiedad.

Trató de desechar esos pensamientos, la tomó de la mano y tiró de ella al abrirse las puertas del ascensor.

Paolina salió de uno de los múltiples pasillos del ático. A pesar de tener casi setenta años, el ama de llaves estaba tan llena de energía como cuando Narciso era un niño.

−*Ciao, bambino. Come stai?*

Él respondió al afectuoso saludo y dejó que ella lo besara en ambas mejillas. Después le presentó a Ruby, y notó que ella se sorprendía al oír el nombre de la mujer.

Paolina se hizo cargo del equipaje y se fue a llevarlo a los dormitorios.

−¿Es la misma Paolina, la madre de Maria?

−Sí −afirmó él con una sonrisa tensa.

−Creí que...

−¿Que era un monstruo que echaba a todo el mundo de mi vida al primer incidente? No soy un canalla, Ruby.

−No, no lo eres −murmuró ella.

Su sonrisa carecía de la vivacidad habitual y él quiso que la recuperara, quiso hablarle de los planes que había concebido antes de que se marcharan de Belice, pero un miedo desconocido se lo impidió.

¿Lo juzgaría ella por hacer demasiado poco y demasiado tarde?

La observó mientras daba una vuelta completa sobre sí misma mirando las obras de arte y los costosos objetos decorativos que adornaban el amplio salón y ante los que la mayoría de sus invitados se deshacían en elogios. Bastaba el hecho de que el ático estuviera situado en un trigésimo piso que daba a Central Park para que lo hicieran.

Ruby pareció más interesada en las puertas que llevaban a otras habitaciones.

—¿Me enseñas la cocina? Quiero ver dónde voy a trabajar y si necesito alquilar algún útil o aparato. Pronto te presentaré el menú definitivo. Si quieres cambiar algo, dímelo lo antes posible.

Narciso volvió a tener la sensación de que no dominaba la situación. Pero, tratándose de Ruby, ¿lo había hecho alguna vez?

No se lo había parecido al entrar en la cocina del yate y verla con Michel. Sus gemidos de placer le habían atravesado el corazón como un puñal. ¿No habría llevado las cosas demasiado lejos a causa de los celos y la furia?

Trató de mirarla a los ojos mientras se dirigían a la cocina, pero ella se negó a mirarlo. Quería que le hablara, que le dijera lo que estaba pensando.

—Lo que he visto del menú hasta ahora me parece bien. Es una combinación perfecta de cocina europea y cocina tradicional italiana. A mis invitados les gustará.

Ella se limitó a asentir. Al entrar en la cocina, se alejó de él y se puso a inspeccionarla con una meticulosidad que dejaba claro el amor que sentía por su profesión. Fue tocando con sus largos y elegantes dedos las encimeras y los electrodomésticos, y el descontento de él fue en aumento.

¡Por Dios! ¿Estaba celoso de los útiles de cocina?

Era lamentable. Negó con la cabeza y retrocedió unos pasos.

–Me voy a trabajar. Hablaremos más tarde.

Cuatro horas después, Narciso deambulaba por el despacho, lleno de una inquietud desconocida y levemente aterradora.

Se echó a reír sin alegría mientras se mesaba el cabello. No le daba miedo reconocer que no le gustaba haber llegado a los treinta. Se dedicaba a poner en tela de juicio todas sus acciones; incluso estaba dando largas al trato con Vladimir Rudenko. ¿Necesitaba de verdad crear otro imperio mediático en Rusia?

Si se llegaba a un acuerdo, tendría que pasar mucho tiempo en Moscú, lejos de Nueva York y de Ruby. ¿Qué le estaba haciendo esa mujer?

Apretó los dientes, se acercó al escritorio y pulsó el intercomunicador para llamar a su chófer.

El trayecto de Wall Street a su casa duró veinte minutos, pero le pareció eterno. Al entrar en el ático, fue directamente a la cocina. Tenía que contarle a Ruby sus planes, explicarle que había elegido otro camino.

Ella tenía los brazos metidos hasta el codo en una masa. Alzó la vista, sorprendida.

–Ya has vuelto.

–Tenemos que hablar.

–¿De qué?

–De Giacomo... –él se puso tenso, pero después añadió–: de mi padre.

–¿Y bien?

–He decidido terminar...

Él teléfono móvil de ella, que se hallaba en una encimera, lanzó un pitido. Ruby, con expresión inquieta, se limpió las manos y activó el mensaje. Unos segundos después, el color había desaparecido de sus mejillas.

–Tengo que irme.

–¿Adónde? –preguntó él frunciendo el ceño.

–Al centro. Volveré dentro de una hora.

–Te llevo.

–No hace falta. Llevo aquí todo la tarde. El aire fresco me hará bien.

–Decir que el aire de Nueva York es «fresco» es inexacto –afirmó él mientras percibía lo nerviosa que se había puesto–. ¿Es algo relacionado con tus padres?

–No –negó ella. Su mirada expresaba sinceridad.

–Muy bien. Solo quiero que sepas que te apoyaré en todo lo que pueda. Después de que se haya celebrado la cena, tendré los papeles para proporcionarte el dinero que necesitas para el restaurante.

–Gracias, es una buena noticia.

La falta de alegría en su rostro y en su voz lo puso muy tenso. Cuando ella pasó a su lado, incapaz de contenerse, la agarró y la besó en la boca. Ella cedió durante un segundo, pero se apartó inmediatamente de él.

–Tengo que irme –antes de que él pudiera decir algo, agarró el bolso que estaba en una de las encimeras y salió de la cocina.

Él se quedó petrificado, incapaz de dar crédito a lo que acababa de suceder. Cuando reaccionó, Ruby se había ido.

Capítulo 11

RUBY entró en el restaurante de lujo en el momento en que daban las seis y dio su nombre. Un camarero la condujo hasta una mesa. Tardó unos segundos en reconocer al hombre sentado a ella.

Sin la máscara, Giacomo Valentino tenía un sorprendente parecido con su hijo, aunque sus ojos estaban apagados por la edad y en su boca se dibujaba una mueca cruel y amarga.

–Sabía que la conocía de algo, señorita Trevelli –dijo él cuando ella se hubo sentado–. No dejan de asombrarme las maravillas de la moderna tecnología. Con unos cuantos clics he conseguido toda la información que necesito sobre sus padres y usted.

–¿Qué quiere? –preguntó ella, muy tensa.

–Un modo de acabar con mi hijo. Y usted va a ayudarme.

–Ha perdido el juicio –dijo ella al tiempo que se levantaba.

–Hoy he tenido una reunión con el usurero al que debe dinero –prosiguió Giacomo sin alterarse–. Desde hace tres horas poseo el veinticinco por ciento de su futuro restaurante. Si se marcha, le reclamaré la deuda de forma inmediata.

–¿Por qué lo hace? –preguntó Ruby mientras volvía a sentarse.

–Ya vio cómo me humilló mi hijo en Macao –contestó él con expresión dura.

–Sí, y desde entonces también me he enterado de lo que le hizo usted a él. Y sé que ayer vio a Maria.

–Entonces, ¿Narciso lo sabe?

–Sí.

El anciano se puso pálido.

–Déjelo ya, Giacomo. No puede hacer nada porque yo no voy a ayudarle bajo ningún concepto a que se vengue de su hijo.

–Es una parte de mí que nunca debería haber existido –afirmó él con el rostro contraído de dolor.

–¿Cómo dice eso?

–Me arrebató lo que más quería. Y va por ahí pavoneándose como si el mundo le debiera algo.

Ruby comprendió que Giacomo estaba destrozado por la pérdida de su esposa y se compadeció de él, a pesar de que sabía que su obstinación le impediría cambiar sus sentimientos hacia su hijo.

En Narciso, en cambio, ella había visto ternura, compasión y consideración, e incluso afecto hacia Paolina, la abuela de la mujer que lo había traicionado. Podía llegar a sentir amor si se apartaba del abismo al que lo había llevado su deseo de venganza.

«¿Y serás tú la que lo salve?», se preguntó.

¿Por qué no? Él la había ayudado a enfocar de modo distinto la relación con sus padres. Ruby había llamado a su madre aquella tarde y, como se esperaba, su padre había vuelto a las andadas. Pero, esa vez, Ruby le había ofrecido consuelo. Habían hablado más de una hora y las dos habían llorado. Una hora después, su madre le había enviado un SMS para decirle que se había puesto en contacto con un abogado para divorciarse de su marido.

Respiró hondo y miró a Giacomo a los ojos.

–Aunque no desee que le dé un consejo, se lo voy a dar de todos modos. Narciso y usted perdieron a alguien a quien usted quería. Usted tuvo la suerte de conocerla. ¿Se ha parado a pensar por un momento en el niño que no conoció a su madre? ¿Sabe lo que ha sufrido?

–Está enamorada de mi hijo –afirmó el anciano entrecerrando los ojos.

El corazón de Ruby comenzó a golpearle en el pecho como si tratara de defenderse de la verdad que la miraba cara a cara.

–No tomaré parte en lo que esté tramando.

–Me decepciona, señorita Trevelli. Antes de que se vaya, quiero que sepa que el usurero me ha dado un informe sobre usted con detalles, entre otras cosas, sobre un edifico entre la Tercera Avenida y la calle Lexington.

–¿El restaurante de mis padres? –el pánico se apoderó de Ruby. Le juro que si se atreve a...

–Lo que le pido es muy sencillo –afirmó él mientras le ponía la mano en el brazo–. Mi hijo se ha encaprichado de usted más que de ninguna otra mujer.

–Se equivoca...

–No me equivoco –dijo él inclinándose de repente hacia ella–. Quiero que ponga fin a su relación con él.

–No tenemos relación alguna –objetó ella con la boca seca.

–Póngale fin y le aseguro que no tocaré el restaurante de sus padres y que incluso me convertiré en benefactor de usted y le ayudaré con el suyo.

–No acepto limosnas –le espetó ella.

–¿Quiere arriesgarse a contrariarme? Recuerde de quién ha heredado mi hijo su sed de venganza.

Ella se levantó y, esa vez, él no se lo impidió.

El fino jersey que llevaba no la protegió del frío de abril mientras, a ciegas, se abría paso entre la multitud. Solo se dio cuenta de hacia dónde se dirigía cuando el metro se detuvo en la estación.

Su piso estaba tranquilo. Trató de poner la mente en blanco y se dedicó a preparar nuevos cócteles y a probarlos. En eso estaba cuando llamaron a la puerta. Miró por la mirilla y vio a Narciso. Pensó en no abrirle.

—Déjame entrar, Ruby, porque, si no, tiraré la puerta abajo.

Ella le abrió con manos temblorosas. Él entró de una zancada y cerró la puerta.

—Me dijiste que tardarías una hora, como máximo.

—He perdido la noción del tiempo —respondió ella encogiéndose de hombros.

—Si querías volver aquí, habérmelo dicho —apuntó él. Su voz expresaba preocupación y vulnerabilidad.

Ella deseaba abrazarlo con todas sus fuerzas, pero solo podía hacer una cosa con respecto a él.

—No sabía que tenía que darte cuenta de mis movimientos.

Él frunció el ceño al oír su respuesta. Ella tragó saliva, dejó de mirarlo y entró en el pequeño cuarto de estar. Él la siguió.

—No tienes que hacerlo, pero me dijiste que volverías y no lo has hecho.

—No pasa nada, Narciso. Quería volver a casa, eso es todo.

—¿Vas a regresar conmigo?

—No, creo que pasaré la noche aquí —replicó ella, a pesar de las ganas que tenía de responderle afirmativamente.

Él comenzó a decir algo, pero se detuvo y miró a

su alrededor. Ella ni siquiera se preguntó cómo veía
él el piso. Annie y ella lo habían decorado con mue-
bles y objetos comprados en mercadillos y tiendas de
segunda mano. Los sillones y el sofá no hacían juego,
ni las lámparas ni los cojines. Los cuadros que colgaban de las paredes eran de artistas callejeros.

–¿Por qué has venido, Narciso?

–Traté de decírtelo antes. Ya no pienso vengarme
de mi padre.

Ella se quedó paralizada al tiempo que comenzaba
a sentir remordimientos.

–¿Por qué?

Él se metió las manos en los bolsillos y respiró
hondo.

–¿Te lo resumo en dos palabras? Por ti. Tú eres la
causa.

–Pues no debería serlo, Narciso. Deberías hacerlo
por ti mismo.

–Estoy intentándolo –respondió él al tiempo que se
encogía de hombros–. Pero necesito que me ayudes.
Tú me has puesto en este camino, y por eso no puedes
marcharte ahora.

Ella ahogó un sollozo y se dirigió a la barra donde
había preparado los cócteles. Él vio las bebidas alinea-
das en ella.

–¿Estabas trabajando?

–Nunca dejo de hacerlo.

–¿Qué novedades has preparado? –había genuino
interés en su tono. Quería saber más acerca de lo que
la apasionaba.

Su actitud despertó en ella un torrente de emociones. En Belice se había dado cuenta del peligro que
corría de experimentar por Narciso sentimientos pro-
hibidos. Al verlo en su casa, mirando sus cosas y ha-

ciéndole confesiones, sintió la necesidad de correr hacia
él y abrazarlo. Pero no podía.

Se metió las manos en los bolsillos de los vaqueros
y se encogió de hombros.

–Nada importante.

Él agarró la primera copa, le dio un sorbo y le preguntó el nombre. Ella le fue diciendo el nombre de
cada uno. Todos estaban relacionados con Narciso
de forma negativa.

–Basta, Ruby, he captado el mensaje: te he vuelto
a molestar. Dime cómo puedo hacer las cosas mejor
–la miró suplicante.

Ella pensó que era lo más atractivo que había visto
en la vida. El deseo y la necesidad se mezclaron con
el pánico mientras él no dejaba de mirarla. Ansiaba
lanzarse a sus brazos, pero en su mente apareció el
rostro de Giacomo.

–No tienes que hacer las cosas mejor porque no
hay nada entre nosotros.

–¿Perdona? –él la miró con los ojos como platos.

–Hubo lo que hubo entre nosotros, Narciso. No tenemos que seguir prolongándolo.

La mirada de él se endureció lentamente. Avanzó
hacia ella y la atrajo hacia sí. Ella le puso las manos en
el pecho y trató de soltarse. Él la apretó con más fuerza.

–¡Suéltame!

–¿Por qué? ¿Te asusta que te demuestre que te
equivocas?

–En absoluto...

Él la besó en la boca con fuerza y deseo.

–¿Qué demonios pasa, Ruby? –susurró contra su
boca.

Ella pensó en contárselo todo, en explicarle dónde
había estado, pero el pánico pudo más.

–¡Maldita sea, Ruby, bésame! –le rogó jadeando.

Ella no pudo negarle, ni negársela a sí misma, una última vez de experimentar aquella magia juntos. Con manos desesperadas le levantó la camiseta, y él acabó de quitársela y la tiró al suelo. Los ojos de Narciso, llenos de emoción, se clavaron en los suyos. Ella lo besó con la boca abierta en la clavícula. Después, envalentonada, utilizó los dientes, la lengua y la boca para volverlos locos a los dos. Empujó a Narciso hacia el sofá. En unos segundos, él se desnudó. Su cuerpo perfecto la atraía de forma irresistible. Llena de deseo, se quitó la camiseta y el sujetador y se desabrochó los vaqueros.

Él negó con la cabeza y puso la mano sobre la de ella.

–Deja que lo haga yo.

Le bajó los pantalones lentamente mientras la iba besando con una pasión que a ella le llenó los ojos de lágrimas. Se acabó de quitar los vaqueros y volvió a empujar a Narciso hacia el respaldo del sofá. Después, retomó el camino que había abandonado unos segundos antes.

Él gimió cuando sus labios rozaron la punta de su masculinidad al tiempo que le sujetaba la cabeza para que siguiera. Ella lo tomó en la boca con decisión.

–¡Dios mío, Ruby!

Ella alzó la vista hacia él, que había cerrado los ojos y tensado los músculos del cuello para controlarse. Ruby lo tomó con mayor profundidad y se perdió en el poder y el placer recién descubiertos.

–¡Basta! –exclamó él–. Aunque me encantaría acabar en tu boca, es mayor mi necesidad de estar dentro de ti–. Tiró de ella y la sentó a horcajadas sobre él. Agarró los vaqueros y sacó un preservativo del bolsillo trasero.

Ella se lo quitó, abrió el envoltorio y se lo puso. Él la miró con los ojos brillantes.

Ella alzó las caderas y lo tomó. La invadió un placer delicioso, sensacional. Él, con el rostro que expresaba un placer semejante, la agarró por los muslos y dejó que fuera ella la que marcara el ritmo. En cuestión de minutos, Ruby sintió un cosquilleo en la columna que le anunciaba el inminente clímax. Él se incorporó un poco y tomó uno se sus pezones con la boca. Y ella explotó.

Cuando se quiso dar cuenta, la postura de ambos había cambiado. Él la agarraba de los cabellos mientras la besaba en la garganta. Cuando alzó la cabeza, la emoción que revelaba su rostro hizo que ella contuviera el aliento.

—Te necesito, Ruby —repitió él, pero, esa vez, ella supo que no era sexualmente.

Saber que las cosas nunca volverían a ser como antes entre ellos le destrozaba el corazón. Incapaz de responderle, le tomó el rostro entre las manos. Sin dejar de mirarse, él siguió moviéndose en su interior. Al final, lanzó un gemido y la besó suavemente en la boca mientras murmuraba palabras que ella entendió, pero que se negó a dejar que le penetrasen en el corazón.

Los ojos se le llenaron de lágrimas, pero parpadeó varias veces para evitar que cayeran. Se alegró de que él se hubiera levantado y estuviera vistiéndose.

—Puedo quedarme o podemos volver a mi casa —dijo Narciso, y, por el tono, Ruby supo que no aceptaría una tercera opción.

—Me iré contigo —a pesar de todo lo sucedido, tenía que preparar aquella cena.

Se vistieron en silencio. Ella evitó cuidadosamente las miradas inquisitivas que él le dirigía.

Cuando la tomó de la mano en el ascensor mientras bajaban, ella se lo permitió. Cuando él se la llevó a los labios y la besó, ella contuvo el aliento para evitar que los ojos se le llenaran de lágrimas.

En el coche, él la atrajo hacia sí y la abrazó. Durante el trayecto de vuelta a su casa, ninguno habló, pero él no dejó de acariciarle el cabello y los brazos.

Ella no pudo contener las lágrimas por más tiempo. ¿Qué había hecho? Se había enamorado de Narciso Valentino.

—Sea lo que sea lo que haya hecho, lo siento —dijo él.

Las lágrimas rodaron por las mejillas de Ruby mientras trataba de contener los sollozos que le provocaba el sentimiento de culpa.

En cuanto llegaron al ático, él la llevó a la ducha, donde la lavó. Después le puso una camiseta suya. Luego la acostó, se tendió a su lado y apagó la luz.

—Hablaremos por la mañana, Ruby. Sea lo que sea lo que suceda entre nosotros, lo solucionaremos, ¿verdad?

Ella asintió, cerró los ojos y se quedó plácidamente dormida.

Se despertó bruscamente a las cinco de la mañana, llena de angustia y de miedo, con la necesidad de contarle la verdad a Narciso, de hablarle de su reunión con Giacomo el día anterior y de la sed de venganza de su padre. El miedo de Ruby por sus padres la había cegado e impedido darse cuenta de que ella era más fuerte que las amenazas de chantaje de Giacomo. De ningún modo haría lo que este le había pedido.

Quería a Narciso y no pensaba abandonarlo si él

correspondía a sus sentimientos. Pero tenía que advertirle de que su padre lo atacaría de otro modo cuando descubriera que Ruby no tenía intención de secundar sus planes.

Volvió la cabeza y observó el plácido perfil de Narciso mientras dormía. Jamás pensó que pudiera enamorarse tan deprisa y tan profundamente. Pero en menos de una semana lo había hecho de un famoso playboy. Sin embargo, Narciso era algo más, y si tenían una oportunidad...

Se dijo que hablaría con él después de la cena. Se levantó, se vistió sin despertarlo y salió del dormitorio.

Llevando consigo la tarjeta de crédito que él le había dado el día anterior, paró un taxi, que la condujo al mercado de Greenwich. Durante una hora estuvo comprando hortalizas, fruta y otros alimentos que necesitaba para la cena. Después fue a una lujosa tienda de vinos para seleccionar los licores que necesitaba para los cócteles. Al salir de la tienda le sonó el móvil.

—Te has marchado sin despertarme —la acusó él.

—Tenía que llegar al mercado antes del amanecer.

—Estoy tentado de cancelar la cena, pero algunos invitados vienen en avión expresamente para ella.

—¿Por qué ibas a cancelarla?

—Porque es un obstáculo para lo que ahora deseo.

—¿Y qué es lo que deseas?

—A ti, a solas, para que hablemos sin interrupciones, para llegar al fondo de lo que pasó anoche.

—Lo siento, tenía que haberte dicho que... —se detuvo al oír sonar, de fondo, un teléfono.

—Perdona —dijo él, que interrumpió la conversación

para volver al cabo de un minuto–. Tengo que ir al despacho. Volveré sobre las cinco.

–De acuerdo. Hasta luego.

Ruby dedicó el día a la preparación de la cena. Cuando Michel llegó a media tarde, casi había terminado.

–*Monsieur* me ha dicho que vas a encargarte del bar esta noche.

–La idea es dividirme entre la barra y la cocina. ¿Podrás hacerte cargo?

–Desde luego –Michel la miró con atención–. ¿Va todo bien?

–Lo irá cuando haya acabado la cena. Siempre me pongo nerviosa.

A media tarde llegó un paquete inesperado para Ruby: un deslumbrante vestido largo de color azul, con una nota: *Un hermoso vestido para una hermosa mujer.*

Ruby, muy contenta, sonrió por primera vez ese día, y aunque sabía que, debido al trabajo que debía realizar, el vestido era poco práctico para esa noche, al igual que los zapatos que lo acompañaban, decidió ponérselos.

Narciso se retrasó. Llegó media hora antes de que lo hicieran los invitados. Al entrar en el dormitorio, ella, ya vestida, se estaba dando los últimos toques al peinado frente al espejo.

–Estás preciosa.

Ella se volvió, llena de ansiedad. ¿Cómo se tomaría la noticia de que su padre seguía maquinando contra él?

–Gracias.

Él le puso la mano en la nuca y la atrajo hacia sí para besarla larga y profundamente.

–Dame un cuarto de hora y estaré contigo.

–De acuerdo –contestó ella.

Narciso fue a ducharse y ella salió del dormitorio.

Ruby estaba detrás de la barra, sirviendo el primer cóctel, cuando él apareció, vestido con un elegante traje gris y una camisa azul a juego con el vestido de ella. En ese momento llamaron a la puerta.

Narciso hizo una seña al mayordomo para que fuera a abrir. Durante las dos hora siguientes, Ruby sirvió la cena, muy alabada por los invitados. Declinó la propuesta de Narciso de que se sentara a cenar con ellos, cosa que a este no le hizo ninguna gracia, pero no podía hacer nada al respecto.

Ella estaba preparando los cócteles para después de la cena cuando, al alzar la vista, vio a Giacomo en la puerta. Petrificada, miró a Narciso. Este volvió lentamente la cabeza y se puso en tensión al ver a su padre. Se miraron durante unos segundos. Giacomo entró en la habitación como si hubiera sido invitado.

–Buenas noches, Ruby –dijo en tono burlón–. Estás muy guapa.

Ella lo miró a los ojos, sorprendida de que no se hubiera dirigido directamente a su hijo. Giacomo le agarró la mano y se la llevó a los labios. Ella trató de soltarse, pero él la sujetó con firmeza.

–Sígueme el juego, pequeña, y todos tus problemas desaparecerán –dijo él en voz baja.

–No tengo ninguna intención de hacerlo.

–Da igual. Narciso está encaprichado de ti y verá lo que yo quiera que vea.

De pronto, Ruby entendió lo que estaba pasando. Giacomo la había engañado. Su venganza estaba teniendo lugar en ese momento, y al haber ido a verlo el día anterior le había dado más armas para la misma.

Con el corazón hecho pedazos se volvió hacia Narciso, que, inmóvil por la sorpresa, le dirigió una mirada glacial.

Capítulo 12

NARCISO... –dijo Ruby.
 –No digas nada.
 Narciso deambulaba por su despacho, maravillado ante el tono calmado de su voz cuando en su interior se estaba desangrando.

–¿Te estás oyendo? Tiendes a enrabietarte como un niño cuando te enfadas. Mira cómo acabas de echar a tus invitados hace unos minutos... –le reprochó su padre.

–Si no te callas, te daré un puñetazo.

Giacomo negó con la cabeza mientras miraba a Ruby como queriéndole decir: «¿Qué te dije?».

–¿Qué demonios haces aquí? –preguntó Narciso a su padre.

–Ruby me dijo que dabas una fiesta y he decidido venir.

–Yo no... –protestó ella.

–¿Que Ruby te lo dijo? ¿Cuándo?

–Anoche, cuando cenamos juntos.

–Miente, Narciso –afirmó ella. Él oyó la súplica en su voz y trató de pensar, de analizar lo que estaba sucediendo. Por desgracia, el cerebro le había dejado de funcionar.

Cuando vio que Giacomo tomaba la mano de Ruby y la besaba, el tiempo se detuvo y, después, volvió hacia atrás con furia llenando a Narciso de antiguos recuerdos que se negaban a desaparecer.

Miró a Ruby, la mujer que le había hecho el amor la noche anterior como si su alma le perteneciera.

Al despertarse por la mañana y ver que ella no estaba se sintió trastornado. Se sorprendió al darse cuenta de que la quería en su cama y en sus brazos todas las mañanas y las noches del resto de su vida, pero lentamente fue aceptando que era lo que realmente deseaba.

La amaba. Él, que no había querido nunca a nadie ni nada, se había enamorado de una mujer que se había reunido con su padre sin decírselo, que había consentido que Giacomo la tocara.

No, no iba a cometer el mismo error dos veces.

Ruby era distinta.

¿Lo era?

Vio que su padre se sentaba tranquilamente en el sofá con una seguridad en sí mismo que irritó aún más a su hijo.

–¿Es verdad, Ruby?

–No –dijo ella negando vehemente con la cabeza–. Yo solo...

–Tienes un espía que me sigue a todas partes y que te informa de mis pasos dos veces a la semana. Hoy es uno de los días en que te informa –afirmó Giacomo.

–Eso se ha acabado –dijo Narciso apretando los puños.

–¿En serio? –preguntó el anciano, sorprendido–. Te estás ablandando. Por suerte, yo mismo hice las fotografías –se metió la mano en el bolsillo y lanzó unas fotos sobre la mesa de centro.

Narciso tembló al acercarse a la mesa. Por primera vez en su vida tenía miedo. Miró a Ruby.

–Narciso, por favor, no es lo que crees. Puedo explicártelo.

Él dio otro paso y allí estaba la mujer a la que amaba con el hombre al que, hasta hacía poco, creía odiar como a nadie en el mundo. Era paradójico que hubiera sido precisamente Ruby la que le hubiera hecho mirar en su interior y reconocer que no era el odio lo que lo impulsaba, sino la necesidad desesperada de conectar con la persona que debiera haberlo querido.

Las piernas se negaron a sostenerlo y se dejó caer en una silla. Tenía ganas de gritar de dolor.

–Márchate –ordenó a su padre con voz ronca.

–Te advierto que nunca me ganarás –respondió este.

Narciso alzó la cabeza lentamente y lo miró. A pesar de su triunfo, estaba demacrado. Los años de amargura le habían pasado factura. Y ese era el riesgo que también corría su hijo.

–Ella insistió en salvarte, ¿lo sabías?

–¿Cómo?

–Tu madre. Podía haber vivido. El médico solo podía salvar a uno de los dos, y ella te eligió a ti –le explicó Giacomo con amargura.

–Y desde entonces me has odiado, ¿verdad?

–Yo no quería tener hijos, y ella lo sabía. Si me hubiera hecho caso, seguiría con vida –se levantó–. ¿Qué más da? Vamos, Ruby, aquí ya no eres bienvenida.

–Si le vuelves a poner un dedo encima, será lo último que hagas.

Su padre se sobresaltó, su rostro adquirió un tono grisáceo, se dobló sobre sí mismo y se desplomó.

–¡Narciso, creo que le ha dado un infarto!

Narciso tardó unos segundos en entender lo que Ruby le decía. Cuando lo hizo, agarró a Giacomo antes de que tocara el suelo. Oyó que Ruby llamaba pidiendo ayuda mientras él rasgaba la camisa de su padre y comenzaba a presionarle el pecho. El miedo se apoderó de él al ver que el anciano no se movía.

Un helicóptero aterrizó en el tejado del ático un cuarto de hora después y el personal sanitario se hizo cargo de la situación.

Narciso se apoyó en la pared cuando le dijeron que Giacomo estaba vivo, pero que había que ingresarlo inmediatamente.

–Seguro que saldrá de esta.

Él alzó la vista y vio a Ruby frente a él tendiéndole un vaso de whisky. Lo agarró y se lo tomó de un trago, pero no consiguió derretir el hielo de su corazón.

–Vete –repitió él, aunque le parecía que lo había dicho en otra vida.

–Narciso...

Él lanzó el vaso al suelo.

–No vuelvas a pronunciar mi nombre.

Se sintió satisfecho al ver que los ojos de ella se le llenaban de lágrimas.

–Puedo explicártelo...

–Ya es tarde. Te dije que no iba a seguir buscando venganza. Confié en ti, seguí tu consejo y olvidé mis deseos de vengarme. Y sabiendo lo que iba a suceder, no me dijiste nada.

–Amenazó a mis padres.

–Por supuesto. Pero sus amenazas pudieron más que la confianza en que yo te ayudaría, en que juntos lucharíamos contra él –su voz reveló el dolor que sentía.

–¡Pero yo no quería luchar! Y te lo iba a decir esta noche, después de la fiesta.

–Nunca lo sabremos, ¿verdad?

–Narciso...

–Tu comportamiento habla por sí mismo. Por des-

gracia para ti, has cometido el mismo error que Maria.
Te has puesto del lado equivocado.

Ruby se alisó el vestido y trató de controlar los nervios. En menos de media hora abriría, Dolce Italia, su
restaurante, tras dos meses de duro trabajo en que ella
había llevado a cabo todas las tareas que no requirie-
ran conocimientos específicos, con la esperanza de
ahogar el dolor de tener que vivir sin Narciso. Había
sido en vano.

–¿Estás lista? Los paparazzi llegarán en cualquier
momento –le dijo su madre al entrar a la pequeña habitación que habían convertido en vestuario y que se
hallaba en la parte de atrás del restaurante de dos pi-
sos, situado en Manhattan. Paloma llevaba un vestido
naranja que le sentaba muy bien. Parecía diez años
más joven. La petición de divorcio seguía su curso y
parecía que la vida le había dado otra oportunidad. Su
hija había consentido que invirtiera en el restaurante.

–Estás maravillosa –dijo a su hija–, aunque un poco
delgada.

–No te preocupes, mamá.

–Es mi deber preocuparme, algo que llevo años
descuidando.

Ruby, como sabía que de nuevo iba a comenzar a
hacerse reproches, la abrazó.

–El pasado, pasado está, mamá. Hay que mirar hacia delante.

Su madre asintió con los ojos brillantes de lágrimas.

–Por cierto, ha llegado un precioso ramo de flores
para ti.

Ruby contuvo el aliento.

–No lo quiero.

–¿Qué mujer rechaza unas flores en una de las noches más importantes de su vida –le preguntó su madre con el ceño fruncido.

–Yo.

–¿Estás segura de que estás bien? La semana pasada devolviste una caja de trufas blancas; la semana anterior, una pulsera de diamantes. Me gustaría que me dijeras quién te manda esos regalos.

–Da igual porque no los quiero –reprimió la emoción que le llenaba el pecho. Ya había llorado por toda una vida. Y aquella noche no iba a hacerlo. Al haber entrado su madre en el negocio, había pagado a Giacomo y había cerrado aquel capítulo.

–Estoy lista.

En el vestíbulo había tres filas de fotógrafos y cámaras de televisión esperándolas. Paloma había orientado a su hija sobre cómo tratar a los medios de comunicación.

Su madre le entregó unas tijeras y Ruby se dirigió hacia la gran cinta blanca.

–Señoras y señores, Paloma y yo estamos orgullosas de inaugurar Dolce Italia.

Al principio, Ruby creyó que veía visiones, pero era Narciso el que estaba entre los periodistas con los ojos clavados en su rostro.

–Ruby... –oyó la voz de su madre muy lejos al tiempo que se le caían las tijeras de las manos.

–¡Ruby!

Se dio la vuelta y salió corriendo.

–Ruby, abre, por favor.

Ella abrió la puerta que acababa de cerrar de un portazo. Ante ella estaba Narciso.

–Me has estropeado la inauguración. Después de semanas de preparación, de esforzarme al máximo para que todo saliera perfectamente, te presentas y la estropeas.

–Lo siento, pero tenía que verte.

–¿Para qué? ¿Qué tienes que decirme que no me hayas dicho?

–Muchas cosas. Me has devuelto los regalos.

–No los quería.

–¿Y el cheque de la NMC? Me lo devolviste hecho trizas.

–¿Por qué has seguido mandándome cosas?

–Porque me he negado a darme por vencido, a imaginarme cómo sería la vida sin la más mínima esperanza.

Ella no quería mirarlo, pero la atraía como un imán. Tenía un aspecto increíble. La barba incipiente lo hacía aún más atractivo. Pero al mirarlo con más atención notó algunos cambios.

–Has adelgazado –murmuró.

Él cerró la puerta y echó el pestillo.

–Tú también. Al menos, yo tengo una excusa.

–¿En serio?

–Sí, Michel me amenazó con dejar el trabajo, así que le he dado un mes de vacaciones –hizo una mueca–. Estaba muy disgustado porque sus esfuerzos culinarios eran inútiles. No puedo comer, Ruby –la miró con infinito pesar–. Apenas he dormido desde que te fuiste.

–¿Así que es culpa mía? Yo no me fui, me echaste, que no es lo mismo.

Él palideció y asintió.

–Estaba equivocado al pensar que eras como Maria.

¿Has llegado de repente a semejante conclusión?

–No, todas las señales estaban ahí, pero me negué a verlas porque me había programado a mí mismo para creer lo peor.

–¿Qué señales?

–Tu insistencia en que me fuera cuando fui a tu piso, tus lágrimas en el coche de vuelta a mi casa, tu evidente desagrado cuando mi padre te besó la mano... ¿Por qué ibas a animarme a reconciliarme con mi padre para después darme la espalda y traicionarme?

–No lo hice.

–Ya lo sé. Te condené por algo que no había ocurrido. Pero estaba tan enfadado y amargado que no vi lo que tenía delante de mí.

–¿El qué?

–El amor que sentía por ti y la posibilidad de que tú también me quisieras.

Ella contuvo el aliento.

–¿Cómo?

–Sé que lo he echado todo a perder.

–¿Ya no me quieres?

–Por supuesto que sí, pero eso no importa. Me refiero a que...

–Eso es lo único que importa, Narciso –afirmó ella mientras el corazón le latía a toda velocidad.

Él la miró y ella supo lo que veía en su rostro: el amor que ella había tratado de reprimir, pero que se manifestaba en toda su intensidad.

–¡Dios mío! –murmuró él cayendo de rodillas ante ella–. Por favor, dime que no estoy soñando.

–Te quiero, Narciso, a pesar de que eres un imbécil.

Él lanzó un gemido, se incorporó y tomó el rostro de ella entre las manos para besarla largamente.

–Dedicaré lo que me queda de vida a hacer que olvides ese incidente.

–Eso es mucho tiempo.

–¿Puedo hacer algo para convencerte de que me dejes ayudarte con el restaurante?

–No, es una empresa de mi madre y mía, y quiero que siga siéndolo.

–¿Y tu padre?

–Me asesora a distancia. Nunca nos llevaremos bien, pero no puedo cortar toda relación con él.

–Tu generosidad es una lección de humildad para mí.

–Debiste haberlo recordado antes de echarme.

–He revivido ese infierno desde que te perdí.

–Si me lo repites, ganarás puntos.

Él la besó.

–¿Así ganaré más puntos?

–Pudiera ser.

–¿Y qué te parece esto?

Extendió el brazo por detrás de la espalda y recogió un estuche de cuero que había ocultado al entrar. Era demasiado grande para contener un anillo, pero a Ruby se le aceleró el corazón mientras lo abría.

La máscara era impresionante. De terciopelo azul, del mismo color que el agua de Belice, coronada por plumas de pavo real en la parte superior.

–Es preciosa.

–Es tuya si decides acompañarme a la próxima reunión del club.

–Quiero saber más de ese club ultrasecreto.

–Te contaría todos sus secretos –afirmó él con una sonrisa traviesa–, pero entonces tendría que hacerte el amor cuatro días seguidos para que los olvidaras.

–Pues supongo que tendría que pasar por ello.

Él se echó a reír, la atrajo hacia sí y volvió a besarla. Ella se separó de él antes de que las cosas fueran demasiado lejos.

–¿Qué te ha dicho mi madre?

–Que se haría cargo de la situación a condición de que hiciera todo lo posible para que saliera de esta habitación como su futuro yerno.

–¡No puede ser!

–¿Qué quieres que te diga? Sabe conseguir lo que quiere –volvió a atraerla hacia sí–. Entonces, ¿vas a darme una respuesta?

–Depende –contestó ella poniéndole las manos en los hombros.

–¿De qué?

–De que añadas al trato las trufas blancas.

–Si eso es lo que quieres, las tendrás cada día de lo que te queda de vida –afirmó Narciso mientras la abrazaba con fuerza.

Isla Margarita, Venezuela

Narciso se apoyó en la pared del bungaló y observó a su esposa servir cócteles. Aunque la máscara le ocultaba casi todo el rostro, vio que sonreía. Se oía música procedente de los altavoces estratégicamente situados alrededor de la piscina, y los socios del Q Virtus se dejaban llevar por ella.

Narciso deseaba celebrar la boda a lo grande, pero Ruby insistió en que fuera una ceremonia más íntima en la villa siciliana en la que él había nacido. Al final, acordaron que hubiera cincuenta invitados, incluyendo a Paloma y a Nicandro, el mejor amigo de Narciso. Aunque su padre y él se estaban esforzando en establecer una relación entre ambos, todavía tenían mucho trabajo por delante.

Vio que su esposa se dirigía hacia él. Su maravilloso cuerpo se balanceaba bajo el pareo de tal modo que Narciso sintió que se le secaba la boca. Ella le llevaba una bebida.

—Te he visto antes hablando y riéndote con Nicandro. ¿De qué hablabais?

—Estaba alardeando de la suerte que he tenido por haberte conocido.

—Más vale que dejes de elogiarme constantemente —afirmó ella riéndose.

Él la atrajo hacia sí, le quitó la máscara y la besó a conciencia.

—No pienso hacerlo. Quien se me acerque sabrá lo estupenda y maravillosa que es mi esposa.

—Te quiero, Narciso.

—Me encanta haberte hecho tan feliz que hayas dejado de ser sonámbula.

—Acabas de perder un punto por decir eso.

—Dime cómo recuperarlo —susurró él apretándola aún más contra él.

—Baila conmigo y no dejes de decirme cuánto me quieres.

—Lo haré mientras viva. Te lo prometo.

Bianca

Una hermosa... ¿ladrona?

Raoul Zesiger tenía todo lo que un hombre pudiera desear, incluyendo a Sirena Abbott, la perfecta secretaria que se ocupaba de mantener su vida organizada. Al menos eso era lo que le parecía hasta que compartieron una tórrida y apasionada noche. Al día siguiente, la hizo arrestar por malversación.

Quizás se hubiera librado de la cárcel, pero Sirena era consciente de que permanecería ligada a Zesiger por algo más que el pasado. Con Raoul decidido a cobrarse la deuda, Sirena se sentía atrapada entre la culpa y una imposible atracción. Pero ¿qué sucedería cuando Raoul descubriera la verdad sobre el robo?

Pasión y castigo

Dani Collins